宿場だより

小料理のどか屋人情帖37

倉阪鬼一郎

時代小説

二見時代小説文庫

宿場だより――小料理のどか屋人情帖37

目次

宿場だより　小料理のどか屋 人情帖37・主な登場人物

時吉（ときち）……のどか屋の主（あるじ）。元は大和梨川藩（やまとなしがわはん）の侍・磯貝徳右衛門（いそがいとくえもん）。長吉屋の花板も務める。

千吉（せんきち）……祖父長吉（ちょうきち）、父時吉の下で板前修業を積んだ「のどか屋」の二代目。

おちよ……大おかみとしてのどか屋を切り盛りする時吉の女房。父は時吉の師匠、長吉。

およう……のどか屋の若おかみ。千吉との間に長男「万吉（まんきち）」に続き長女「おひな」を産む。

長吉（ちょうきち）……浅草（あさくさ）で「長吉屋」を営む古参の料理人。店近くの隠居所から顔を出す。

大橋季川（おおはしきせん）……季川は俳号。のどか屋のいちばんの常連、おちよの俳諧の師匠でもある。

信兵衛（しんべえ）……のどか屋の他にも旅籠（はたご）を営み、長屋も持つ元締め。のどか屋に通う常連。

升造（ますぞう）……信兵衛の旅籠、大松（おおまつ）屋の若あるじ。千吉の竹馬の友。

安東満三郎（あんどうみつさぶろう）……隠密仕事をする黒四組（くろよんぐみ）のかしら。甘いものに目がない、のどか屋の常連。

万年平之助（まんねんへいのすけ）……黒四組配下の隠密廻り同心、「幽霊同心」とも呼ばれる。千吉と仲が良い。

目出鯛三（めでたいぞう）……狂歌師。瓦版の文案から料理の指南書までも書く、器用な男。

幸右衛門（こうえもん）……主に千吉が料理の案を出した書物「料理春秋（りょうりしゅんじゅう）」の版元、書肆灯屋（しょしあかりや）の主。

平太郎（へいたろう）……木曽（きそ）の奈良井（ならい）宿の料理自慢の旅籠「美杉屋（みすぎや）」の主。

梅次郎（うめじろう）……中風で倒れた平太郎の十二歳の息子。旅籠を護るためのどか屋で修業に……。

竜太（りゅうた）……若くて鯔背（いなせ）な火消し。のどか屋で働いていた江美（えみ）と夫婦になり子を授かる。

第一章　お食い初め

一

江戸の町に、さわやかな五月の風が吹いていた。

「の」と染め抜かれた明るい柿色ののれんをはためかせている。

ここは横山町――。

旅籠が多いこの町の一角に、旅籠付きの小料理のどか屋がある。泊まり客に供せられる朝の豆腐飯が評判だ。旅籠付きの小料理屋は江戸でちらほら見られるようになったが、その草分けとも言えるのがのどか屋だった。

見ただけでほっこりするのれんの「の」の向こうから、だしのいい香りが漂ってくる。

「ありがたく存じました」

「またのお越しを」

女たちのいい声が響く。

「おう、うまかったぜ」

「鮎飯(あゆめし)にけんちん汁に小鉢。さすがはのどか屋の中食(ちゅうじき)だったな」

客たちの満足げな声も響いた。

朝の豆腐飯が終われば、日替わりの中食だ。盛りが良くてうまいのどか屋の中食には常連客がいくたりもついていて、雨の日でも売れ残ることはめったにない。

中食が終わると、短い中休みを経て二幕目に入る。ここでは酒肴(しゅこう)を存分に楽しむことができる。

だが……。

今日はこんな貼り紙が出ていた。


二幕目は貸し切りです。

相すみません。

のどか屋

「何か宴でもあるのかい」

なじみの大工衆の一人がたずねた。

「今日はこの子のお食い初めなんですよ」

大おかみのおちよが、勘定場に座っている若おかみのおようのほうを手で示した。

その手は、しっかりとわが子を抱いていた。

二月の初めに生まれたばかりのおひなだ。

　上にのどか屋の三代目になる万吉がいるが、娘は初めてだ。

「へえ、そうかい」

「もう百日目か。早えもんだな」

「めでてえこって、二代目」

　片付けの手伝いに厨から出てきた千吉に向かって、大工の棟梁が声をかけた。

「ありがたく存じます、へへ」

　嬉しさを隠せない様子で、二代目の千吉が答えた。

「親子がかりだなと思ったら、そういうからくりか」

「からくりってことはねえだろ」

「まあ、とにかく、めでてえかぎりだ」

大工衆がさえずった。

あるじの時吉(ときさち)は、舅(しゅうと)で料理の師匠でもある長吉(ちょうきち)があるじの名店、浅草(あさくさ)の長吉屋で花板(はないた)をつとめている。一枚板の席で客に凝(こ)った料理を出すかたわら、若い料理人たちに指導を行う。通(かよ)いだからなかなかに大変だが、元は武家で若い頃に存分に身を鍛えてあるからあごを出すことはない。

長吉屋はほかの弟子に任せ、のどか屋に詰めることもある。時吉と千吉、二人の料理人が厨に入って親子がかりになるから、その日の中食はいくらか豪勢になるのが常だった。

「ならば、腕によりをかけて宴の料理をつくるのか、あるじ」

近くの道場で剣術指南を行っている武家がたずねた。

「いえ、ただのお食い初めなので、箸をつけるための縁起物の焼き鯛(だい)くらいです」

時吉が笑みを浮かべて答えた。

「来てくださったみなさんには御礼の料理をお出ししますけど」

千吉が和す。

「そうか。楽しみだな」

武家が言った。

「はい。気張ってやります」

千吉がいい声で答えた。

二

「では、行ってきます」

長くのどか屋を手伝っているおけいが軽く右手を挙げた。

「行ってまいります」

若い娘が和した。

こちらは手伝いに入ってまだ日が浅いおちえだ。

「ああ、お願いします」

「気をつけて」

大おかみと若おかみが送り出した。

中食が終わると、今度は旅籠のほうのつとめがある。泊まり客の呼び込みだ。

のどか屋には六つの泊まり部屋がある。二階に五部屋、小料理屋の並びの一階に一部屋だ。

なかには長逗留の客もいるし、先に文で予約を入れる周到な者もいる。一階の部屋は夜に来る客のためにおおむね空けてあるし、古い常連の大橋季川が泊まることもしばしばある。

そのほかの空き部屋の客は、呼び込みで見つけてくる。繁華な両国橋の西詰に近いから、ほかの旅籠と競うように呼び込みを行うのが常だった。かつては千吉とおようも呼び込みに出ていたが、いまはおけいたちのつとめだ。

おけいたちを見送ってほどなくして、元締めの信兵衛が入ってきた。のどか屋ばかりでなく、旅籠をいくつも持っている元締めだ。今日のお食い初めの宴にも出てくれることになっている。

「あとで大松屋へ寄ってから、また顔を出すよ」

元締めが温顔で言った。

大松屋は同じ通りにある旅籠で、心地のいい内湯が名物だった。二代目の升造は千吉の竹馬の友で、「升ちゃん」「千ちゃん」と呼び合う仲だ。

「お待ちしております」

おちよのほおにえくぼが浮かんだ。

元締めがいったん出てほどなく、おようの母のおせいと、弟の儀助がやってきた。

「あっ、おっかさん」

おようが真っ先に気づいて声をあげた。

「今日は二人だけで」

おせいが笑みを浮かべて言った。

「わあ、大きくなったね」

おようが抱っこしているおひなを見て、儀助が言った。

おようの父は蕎麦職人で、本所に見世を構えていたが、あいにくなことにおようがまだ四つのときに心の臓の差しこみで亡くなってしまった。おせいはつまみかんざしづくりの内職をしながら女手一つでおようを育てた。

そのうち、つまみかんざしづくりの親方の大三郎と縁が結ばれて後妻になった。それから生まれたのが、おようの弟の儀助だ。ずいぶん背丈が伸びて若者らしくなってきた儀助は、父の跡を継ぐべく、つまみかんざしづくりに精を出している。

「だいぶ重くなってきたわよ」

おようが答えた。

「春宵さんはお達者で？」

おちよがおせいにたずねた。

「ええ。今日はうちの人と二人で元気に仕事に励んでいますよ」

おせいが答えた。

吉岡春宵はのどか屋と縁のあるもと人情本作者だ。なにかと窮屈で江戸の民が不平を鳴らしている老中水野忠邦の天保の改革で筆を折ることを余儀なくされ、一時は世をはかなんでいたが、いまは大三郎の下でつまみかんざしづくりにつとめるかたわら、早指南本の執筆にも励んでいる。

「さようですか。それはなにより」

おちよのほおにえくぼが浮かんだ。

「餡巻きはなしでいいね？」

茶を運んできた千吉が儀助に問うた。

わらべのころは甘い餡巻きが大好物で、それを目当てにのどか屋へ足を運んでいたものだ。

「もうわらべじゃないから」

儀助は笑って答えた。

ここで駕籠屋の掛け声が響いてきた。

「あっ、師匠かおとっつぁんね」

おちよがいそいそと表に出た。

ややあって、駕籠から白い髷（まげ）の年寄りが降り立った。

「お待ちしておりました、師匠」

おちよが声をかけた。

姿を現わしたのは、常連中の常連の大橋季川だった。

三

「あとは長（ちょう）さんだね」

とりあえず一枚板の席に陣取った季川が言った。

元締めの信兵衛も戻ってきたから、残る役者は長吉だけだ。

のどか屋には小上がりの座敷と、檜（ひのき）の一枚板の席がある。このほかに、土間には茣蓙（ござ）が敷かれている。急いで中食をかきこみたい者はここを使う。

じっくりと酒肴を楽しみたいのなら一枚板の席だ。厨からできたての料理が供されるし、料理人と話も弾む。

「おっつけ来るでしょうから、そろそろ支度を」

おちよが厨に言った。

「そうだな。膳をすぐ運べるようにしておこう」

時吉が答えた。

「承知で」

千吉が打てば響くように言う。

「今日はまた大役で」

元締めが隠居に酒をついだ。

「もう慣れたよ、年の功の大役は」

季川は苦笑いを浮かべて猪口の酒を呑み干した。

ここで三代目の万吉が子猫を抱っこして歩いてきた。

「まあ、上手な抱っこね」

おちよが顔をほころばせた。

「嫌がってないか？」

千吉が問う。

「うん」

万吉はうなずいた。

「きょとんとしてるわね」

おせいが笑みを浮かべる。

「この猫の名は？」

儀助がたずねた。

「たび。前足の先にだけ白い足袋を履いてるみたいだから」

千吉が答えた。

「ああ、なるほど」

と、儀助。

「ほんと、白黒の鉢割れでかわいいわね」

おせいが言ったとき、子猫が嫌がって土間に下りた。

「あっ」

万吉が声をあげた。

「ひっかかれてない？」

おようが気づかう。

「うん」

万吉はこくりとうなずいた。

母猫の二代目のどかがたびに駆け寄り、体をぺろぺろとなめはじめた。そこへ、二匹の兄猫のふくとろくも寄ってくる。

のどか屋は一に小料理屋、二に旅籠、三は猫屋と言われるほどだ。見世の守り神だった初代のどかから猫を欠かしたことは一度もない。

二代目のどかは初代と同じ茶白の縞猫だ。これまではおおむねおのれと同じ色と柄の猫を産んできた。福禄寿にちなむふくとろくの兄弟もそうだ。

ところが、このたび生まれた五匹の子には、一匹だけ白黒の雄猫がまじっていた。それがいちばん新参のたびだ。

まだ宴が始まっていない座敷では、尻尾に縞模様がある青い目の白猫が悠然と寝そべっていた。老猫のゆきだ。いくたびもお産をしてきたが、もう御役御免で、みなにかわいがられながらのんびりと暮らしている。

ゆきの子でのどか屋に残っているのは小太郎だ。銀と白と黒の縞模様が美しく、尻尾が纏のような凜々しい猫だが、遊びに行っているらしくいまは姿が見えない。

たびが加わって、総勢は六匹になった。猫屋と言われるのも無理はない。

「そうそう。大松屋の里子は達者そうにしていたよ」

元締めが告げた。

「まあ、そうですか」

おちよの顔がぱっと晴れた。

「この子のきょうだいだから」

千吉がたびを指さした。

生まれてきた子猫をすべて残していたら猫だらけになってしまうので、大半は里子に出す。

のどか屋の猫は福猫だ。もらうと福が来る。

いつしかそんな評判が立ったから、ほうぼうから手が挙がって子猫がもらわれていく。おかげでずいぶんと猫縁者が増えた。

このたびの子猫たちも、もらい手がすべて決まった。そのうちの一つが最寄りの大松屋だった。旅籠の名にちなんだ雌猫のまつは達者でいるらしい。

「猫縁者が増えて何よりだね」

隠居が温顔で言った。

万吉はとことこと表へ出ていった。

「遠くへ行っちゃ駄目よ」

すぐさま母のおようが言った。

今年の秋で、満では二歳。足腰がしっかりしてきたのはいいが、勝手に出て行ってしまったりするから気をもむ。

「荷車や駕籠も通るからね」

おちよも言った。

はあん、ほう……

はあん、ほう……

ちょうどそのとき、掛け声が響いてきた。

駕籠だ。

ほどなく、最後の役者が姿を現わした。

「おう、万吉、中へ入んな」

曾孫（ひまご）に声をかけたのは、長吉屋のあるじだった。

四

高足(たかあし)付きの盆が運ばれてきた。

赤飯(せきはん)に蛤(はまぐり)の潮汁(うしおじる)。それに、小鯛の焼き物。

お食い初めの縁起物がそろっている。

「では、始めていただきましょう」

支度が整ったところで、時吉が言った。

「師匠、お願いします」

おちよが手でうながした。

「いや、ここはやはり、血のつながりのある長老の長さんのほうが適任じゃないかねえ」

季川が長吉を手で示した。

「いやいや、ご隠居が年上ですから」

長吉が言う。

「一族の長(おさ)がいいと思うがねえ」

季川がなおも言う。

「ご隠居は江戸の長みたいなもんですから」

長吉がそう言ったから、のどか屋に笑いがわいた。

「なら、二人がかりでやったらどう？　おとっつぁん」

おちよが水を向けた。

「ああ、それがいいでしょう」

元締めも言う。

「親子がかりではなくて、翁(おきな)がかりで」

時吉が笑みを浮かべた。

「うまいことを言われたな」

長吉が苦笑いを浮かべた。

「なら、そういうことで、お願いします」

おちよが段取りを進めた。

「はい、食べる真似だけでいいからね」

おようがおひなを抱っこした。

隣には千吉と万吉も控えている。

「では、万吉ちゃんのときもやらせてもらったので」

季川がまず箸を取った。

赤飯をいくらかつまみ、おひなの口に近づける。

「歯固めもお願いします」

おちよが言った。

膳には小ぶりな石も置かれていた。それに箸の先を付け、赤子の歯茎(はぐき)にちょんちょんと触れれば、石のように丈夫な歯が生えると言われている。

「泣くかもしれないから、最後にしよう。なら、次は長さんだ」

季川から長吉に箸が渡った。

「次は鯛か？」

長吉がおちよに訊いた。

「ごはん、汁物、ごはん、魚、ごはん、汁物の順で三回繰り返すのが正式だそうよ」

おちよが答えた。

「年寄りは憶えられねえぜ」

長吉があいまいな顔つきで言った。

「とりあえず、次は蛤の潮汁」

おちよが言う。

「その調子でいちいち言ってくれ」

長吉が笑って言った。

「承知で」

おちよがすぐさま答えた。

そんな調子で、一回目が終わりに差しかかったころ、飽きたのかどうか、おひながやにわに泣きだした。

「あらあら、もう少しよ」

おようがなだめる。

「はいはい、いい子だから」

千吉も脇から言う。

「いい子、いい子」

万吉も妹に向かって言ったから、のどか屋の座敷に和気が漂った。

五

その後もずいぶん手がかかった。

あんまり泣くから、おようがいったん一緒に部屋に下がってお乳をやったほどだった。

戻ってきたあとは、翁がかりで急いで儀式を進めた。

これでやっと終わりかと思われたが、歯固めの儀式でおひなはまたわんわん泣きだした。

「すぐ済むからね」

箸を構えた季川が言った。

すでに歯固めの石に先をちょんちょんと付けている。あとはおひなの歯茎に触れればいいのだが、いやいやをするばかりでらちが明かない。

「はいはい、ほんのちょっとだから」

おようがあやす。

「丈夫な歯にするためだからね」

千吉も声をかける。

「おひなちゃん、気張って」

おせいが身を乗り出す。

「みゃーん……」

老猫のゆきまで案じ顔でないた。

「よし、いまだ」

隠居が箸を伸ばした。

「おお、できた」

長吉が手を打ち合わせた。

「よしっ」

千吉も続く。

「はい、えらかったわね。これで終わりだから」

おようがなおも泣いているおひなをあやした。

「お疲れさまです、師匠」

おちよが季川の労をねぎらった。

「いやあ、汗をかいたよ」

隠居が額に手をやった。

「では、ここからは宴で」

時吉が言った。

「親子がかりで天麩羅も揚げますので」

千吉がそう言って腰を上げた。

ささげがたっぷりの赤飯に蛤の潮汁。小鯛の焼き物に刺身の盛り合わせ。そこに天麩羅が加わった。

海老に鱚。どちらも縁起物だ。

おひなはやっと泣きやんだ。みなにほめられたおかげか、機嫌を直して笑顔になる。

「まあ、いいお顔」

おちよのほおにもえくぼが浮かんだ。

酒も進んだ。

「今日はこちらに泊まりだから、つぶれても平気だね」

季川がそう言って、猪口の酒を呑み干した。

「いや、つぶれる前に例の趣向を」

時吉が水を向けた。

「一句詠んでいただかねえと」

古参の料理人も言う。

「いま仕度しますので、師匠」

おちよが笑みを浮かべた。

ほどなく、支度が整った。

筆にたっぷり墨を含ませると、おちよが用意した紙に季川はうなるような達筆でこうしたためた。

愛でられてなほ愛らしく雛の顔

「いまは機嫌が直ったから、ちょうどいいね」

季川が笑みを浮かべた。

「ありがたく存じます。いい発句を頂戴しました」

おひなをひざに乗せたおようが頭を下げた。

「いやいや、苦しまぎれの句で。……なら、おちよさん、付けておくれ」

季川はおちよのほうを手で示した。

「えー、どうしよう……」

おちよはこめかみに指をやって、おひなのほうを見た。

「ほら、ひょっとこだぞ」

千吉が面白い顔をつくる。

おかしかったのか、おひながはっきりと笑った。

それを見て思いついた句をしたためる。

　泣くもよけれど笑顔なほよし

「本当にそうだね」

季川の白い眉がやんわりと下がった。

「笑顔がいちばんで」

役目を終えたおちよが笑みを返した。

第二章　梅たたきと焼き霜丼

一

だしのいい香りが漂っている。

横山町の旅籠付き小料理のどか屋では、朝の膳が始まっていた。

膳の顔は名物の豆腐飯だ。

まず豆腐をじっくりと煮る。江戸ならではの甘辛い味つけで、毎日つぎ足しながら使っているのどか屋の命のたれも加えてあるから、味に深みがある。まずは豆腐だけ匙ですくって食す。味が存分にしみたこの豆腐を、ほかほかの飯に載せる。むろん、これだけでもうまい。

しかるのちに、豆腐を崩して飯とまぜて食す。これがまた美味だ。いくらでも胃の腑に入る。

さらに、薬味をまぜて食べる。もみ海苔、炒り胡麻、刻み葱、おろし山葵など、とりどりの薬味を交えれば、またこたえられない味になる。

一膳で三度の楽しみ豆腐飯

俳諧の心得があるおちよは引札（広告）にそう詠んだ。

この膳の顔に、日替わりの具だくさんの汁。それに、香の物と小鉢がつく。のどか屋の朝餉を食したいがために泊まる常連も多い自慢の膳だ。

「いくたび食べても、ほっとする味だね」

昨日から泊まっている季川が言った。

「まったくで、ご隠居」

「近場に普請場があると大喜びで」

「朝から力が出まさ」

そろいの半纏の大工衆がさえずる。

泊まり客ばかりでなく、朝膳だけを目当てにやってくる客もいる。のどか屋は朝から大にぎわいだ。

「汁も具だくさんだからね」

隠居が温顔で言った。

「ほんに、うめえべ」

「この宿にしてえがったな」

昨日の呼び込みで泊まった客も笑顔だ。

諸国から江戸見物に来た客が泊まるから、さまざまな訛りが飛び交う。

「これからもご贔屓に」

おちよが如才なく言った。

「ああ、また来るべ」

「周りにも言っとくべや」

いい声が返ってきた。

そんな調子で、いつもの朝膳が滞りなく終わった。

二

けふの中食
かつをの梅たたき膳
けんちん汁、小ばち、香の物つき
三十食かぎり三十文

鰹はあぶりや竜田揚げなどもいいが、いちばんの人気が梅たたきだ。ほどよくあぶって皮の下の脂をとろりと溶かした鰹と、大ぶりの梅を使った梅肉だれがえも言われぬうまさだ。のどか屋の名物中食は数々あるが、これもその一つだ。

膳には具だくさんのけんちん汁もつく。大根、人参、蒟蒻、豆腐、葱など、これでもかというほど具が入ったけんちん汁は胡麻の香りが食欲をそそる。これまた人気の品だ。

「あぶれなくてよかったぜ」

「うかうかしてたら、なくなっちまうからよ」

なじみの左官衆が言った。

「はい、あと五人」

千吉が厨から声をあげた。

「おちえちゃん、止めて」

大おかみのおちよが手伝いの娘に告げた。

若おかみのおようは、泣きだしたおひなに奥で乳をやっている。万吉にも目を光らせていなければならないから、勘定場くらいしか受け持てない。手伝いのおけいとおちえの働きがどうあっても要り用だった。

「はいっ」

おちえが短く答えて表に出た。

「こちらでおしまいでございます」

おちえは客を手で制した。

「えっ、終わりかよ。おいらはここの猫の里親だぜ」

客が声をあげた。

「そりゃしょうがねえぜ」

「また明日だな」

滑りこんだ者たちが言う。

「相済みません。のんきちゃんは達者ですか？」

おちよがあわてて出てきて訊いた。

子猫を一匹引き取ってくれたなじみの職人だ。

「ああ、寝てたら顔に乗ってきやがってよう」

客はすぐさま機嫌を直して言った。

「さようですか。相済みませんが、また明日で」

おちよがすまなさそうに言った。

「おう、早めに来るぜ。飯は大盛りにしてくんな」

のんきの里親が言った。

「承知しました。お待ちしております」

おちよは笑顔で頭を下げた。

三

短い中休みを経て、二幕目になった。

まずやってきたのは、岩本町の御神酒徳利だった。

湯屋のあるじの寅次と、野菜の棒手振りの富八だ。いつも一緒に動いているから御神酒徳利と呼ばれている。湯屋のあるじは、のどか屋の客を案内するためという名目で来ているのだが、ただ油を売っただけで帰ることもしばしばあった。

「おっ、万坊、今日も元気だな」

猫じゃらしを振っている万吉に向かって、寅次が言った。

かつては千吉が千坊と呼ばれていたが、いまは万坊だ。

棒に紐をつけただけの猫じゃらしだが、ふくとろく、それにいちばん小さいたびが競うように前足を動かしている。

「うんっ」

万吉は元気よく答えた。

「今日は珍しい目板鰈が入ってます。唐揚げはいかがです？」

千吉が水を向けた。

「おう、うまそうだな」

湯屋のあるじがすぐさま答えた。

「野菜も付けてくんな」

野菜の棒手振りが身ぶりをまじえた。

毎朝いい野菜を届けてくれるから、のどか屋にとってはありがたい男だ。

「承知で」

千吉はいい声で答えた。

ややあって、目板鰈の唐揚げができあがった。

身と中骨（なかぼね）に分けて揚げるのが骨法（こっぽう）だ。

身はさっと、中骨はじっくり。

揚げ方を変えてやると、目板鰈のうまさを存分に味わうことができる。

「こりゃうめえや」

おろし醬油（しょうゆ）で唐揚げを味わった寅次が相好（そうごう）を崩した。

「揚げ加減はいかがです？」

千吉がたずねた。

「ちょうどいいぜ。骨がぱりぱりでよう」

湯屋のあるじが満足げに答えた。

「付け合わせの小茄子（こなす）がうめえ」

野菜の棒手振りがそこをほめるのはお約束だ。

「ありがたく存じます」

千吉が笑顔で頭を下げた。

そのとき、またいくたりか客が入ってきた。

「あっ、いらっしゃいまし」

おちよが声をあげた。

「おう」

いなせに右手を挙げたのは、黒四組(くろよんぐみ)のかしらの安東満三郎(あんどうみつさぶろう)だった。

のどか屋の大おかみが言った。

「今日はおそろいで」

のれんをくぐってきたのは黒四組のかしらだけではなかった。

万年平之助(まんねんへいのすけ)、井達天之助(いだてあまのすけ)、室口源左衛門(むろぐちげんざえもん)。

黒四組の精鋭がすべてそろっていた。

四

将軍の履物(はきもの)や荷物を運ぶお役目を黒鍬(くろくわ)の者と呼ぶ。

このお役目は三組まであることが知られているが、人知れず四番目の組も設けられていた。それが約めて黒四組だ。

黒四組の御用はほかの三組とはまったく違う。正史には記されない影御用が役目だ。

昨今の悪党どもは知恵が働くようになった。なかには日の本じゅうを股にかけて大がかりな悪事を働く者どももいる。

そこで、黒四組の出番だ。

縄張りにとらわれず、いずこへでも出張っていけるのが影御用の強みだった。少数精鋭だが、捕り物は町方や火盗改方、地方なら代官所などの力を借りて行う。黒四組はこれまでにあまたの悪党を捕らえてきた。

「ちょいと座敷を借りるぜ。絵図を広げなきゃならねえんで」

安東満三郎が言った。

「承知しました。お使いくださいまし」

おちよが手で座敷を示した。

「捕り物か何かですかい？」

寅次が声をかけた。

「江戸は万年に任せて、出張って行こうかっていう話になってな」

黒四組のかしらが万年同心のほうをちらりと見てから言った。

「平ちゃんは江戸が縄張りだから」

千吉が厨で手を動かしながら言う。

昔から仲がいいから、気安く「平ちゃん」と呼んでいる。

「たまには田舎のほうへも行きたいがよ」

万年同心は苦笑いを浮かべた。

江戸を縄張りとする同心だが、町方ではなくどこに属しているのか得体が知れない。

そのため、幽霊同心とも呼ばれている男だ。

ほどなく、安東満三郎にいつもの肴が運ばれてきた。

あんみつ隠密と呼ばれるその名にちなんだあんみつ煮だ。油揚げをさっと煮て、砂糖と醤油で味つけしただけの簡便な料理で、すぐつくれるから重宝だ。

「うん、甘え」

さっそく食した黒四組のかしらの口から、いつもの台詞が飛び出した。

この御仁、よほど変わった舌の持ち主で、甘ければ甘いほどいい。どんな料理にでも味醂をどばどばかけて食すのだから恐れ入る。

「御酒をお持ちしました」

おちよが盆を運んできた。

「目板鰈の唐揚げを皮切りに、どんどんお出ししますので」

千吉が厨から言った。

「小腹が空いたから、腹にたまるものも頼む」

室口源左衛門が言った。

日の本の用心棒の異名を取る男で、剣の腕は折り紙付きだ。

「承知しました」

千吉がすぐさま答えた。

「それがしも、頼みます」

井達天之助も軽く右手を挙げた。

名とも響き合う韋駄天自慢で、諸国を飛び回ってつなぎ役をつとめている。安東満三郎があんみつ隠密なら、こちらは韋駄天侍だ。

ここでおけいが泊まり客を案内してきた。さっそく寅次が湯屋はいかがかと水を向けたところ、秩父から江戸見物に来たという三人の客はすぐ乗ってきた。

「なら、ご案内しますんで」

岩本町の名物男がほくほく顔で言った。

「おいらもついて行きまさ」

野菜の棒手振りが和す。

そんな調子で御神酒徳利が出て、黒四組が残った。

五

「お待たせいたしました。鰹の焼き霜(しも)丼でございます」

おちよが盆を運んできた。

「ちょうど仕込んであったので」

千吉が笑顔で言う。

「おお、これはうまそうだ」

室口源左衛門の髭面(ひげづら)がほころんだ。

「さっそくいただきます」

井達天之助が箸を取った。

鰹は節(ふし)おろしにし、血合いをそぎ取る。それから薄く塩を振って焼き網であぶって焼き霜にする。水に取るやり方もあるが、取らないほうが香ばしさが残っていい。

これを平造りにし、漬けだれにからめて半刻（約一時間）ほどおく。漬けだれは、醬油三、酒二、味醂一の割りだ。酒と味醂を沸かせて酒を飛ばし、醬油を加えて冷ましておく。醬油は濃口だ。

鰹にからめるときに、長葱の白いところのみじん切りとおろし生姜を加える。これでぐっと味が締まる。

頃合いになったら仕上げだ。

ほかほかのごはんにまず漬けだれをかけ、漬かった鰹の身を載せる。さらに、せん切りの大葉ともみ海苔とおろし生姜を加えれば、風味豊かな鰹の焼き霜丼の出来上がりだ。

「こりゃ三杯飯でもいけそうだ」

日の本の用心棒が満足げに言った。

「ごはんだけならございますが」

と、おちよ。

「いや、飯だけ食うのもどうか」

室口源左衛門は首をひねった。

「これは中食の顔にもよさそうです」

韋駄天侍が白い歯を見せた。

「おれの分もあるか、千坊。人が食ってるのを見てると、おのれも食いたくなってくるもんでな」

万年同心が声をかけた。

「あるよ、平ちゃん」

千吉がすぐさま答えた。

「なら、頼むよ」

「承知で」

話がすぐさま決まった。

「おれは蒲鉾とかでいいや。もちろん味醂につけて」

安東満三郎が言った。

「承知しました」

おちよがすぐさま動いた。

奥のほうから泣き声が聞こえてくる。どうやらおひながまたむずかっているようだ。

「なら、絵図を広げるぜ」

黒四組のかしらが持参したものを広げた。

「どちらの絵図でしょう」

おちよが興味深げにたずねた。

安東満三郎は少し間を待たせてから答えた。

「木曽谷だ」

六

中山道には六十九の宿場がある。

そのうちの十一が置かれていたのが木曽路だ。木曽川に沿った谷にそれぞれの宿場がある。江戸と京や大坂を結ぶ街道ゆえ、旅籠が立ち並び、ずいぶんと栄えている宿場も数多かった。

「そこに悪者が出てるんでしょうか」

おちよがいくぶん眉をひそめて問うた。

「そのとおりだ、おかみ」

あんみつ隠密が答えた。

「はい、まず蒲鉾と味醂を」

千吉が盆を運んできた。

「おう、ありがとよ」

黒四組のかしらは蒲鉾を受け取ると、味醂がたっぷり入った小鉢にどばっとつけて口中に投じた。

万年同心が苦笑いを浮かべる。こちらはなかなかに侮れない舌の持ち主だ。

「木曽福島の代官から、助っ人を頼まれてな」

室口源左衛門が明かした。

「関守を兼ねた大きな代官屋敷なんですが」

先に行ってきたらしい韋駄天侍が言った。

「そんなお代官でも手に負えない悪者なんですか」

おちよの顔に驚きの色が浮かんだ。

「山村家という名家が木曽谷を統べて、福島の関守をつとめている。そこから救いを求める声があがるのは、よくよくのことだ」

あんみつ隠密はそう言って、次の蒲鉾を胃の腑に落とした。

ここで新たに二人の客が入ってきた。

一人は狂歌師の目出鯛三。多芸多才で、かわら版や商家の引札などの文案づくりや、さまざまな書物の執筆にも取り組んでいる。

もう一人は、灯屋という書肆のあるじの幸右衛門だった。千吉が料理のつくり方などを下書きし、目出鯛三が原稿を仕上げた『料理春秋』の版元でもある。江戸の料理の指南書は好評をもって迎えられ、千部を超える大当たりになった。

「それは木曽谷の絵図ですね」

目出鯛三が座敷に広げられているものを指さした。

「木曽へ悪者退治に出かけられるそうで」

少し声を落として、おちよが言った。

「あそこはお代官がいるはずですが」

幸右衛門がややいぶかしげな顔つきになった。

「その代官から助っ人を頼まれてよ」

黒四組のかしらはそう言うと、猪口の酒をくいと呑み干した。

「それはそれは、お役目ご苦労さまでございます」

書肆のあるじはていねいに頭を下げた。

一枚板の席に陣取った目出鯛三と幸右衛門のもとへ、酒と肴が運ばれてきた。

早いもので、月末には両国の川開きだ。枝豆の酒蒸しは暑い時分によく出す肴だった。塩をたっぷりすりこんでから酒蒸しにすると実にうまい。

もうひと品、揚げちりめん豆腐も出た。

ちりめんじゃこをかりかりに揚げ、しっかりと油を切る。豆腐を大きめに切り、揚げちりめんと細切りの大葉を載せ、醤油を添える。これも酒の肴にはもってこいだ。

「で、どういう悪党なの、平ちゃん」

追加の酒を持ってきた千吉がたずねた。

「おれは江戸に残るから関わりはねえが、話は聞いてる。鉄砲水(てっぽうみず)の辰(たつ)っていう盗賊の一味が木曽谷を荒らしまくってるらしい」

万年同心が答えた。

「お代官でも手に負えない盗賊なんだね」

千吉がややあいまいな顔つきで言った。

「その名のとおり、鉄砲水みてえに押し寄せてくるんだそうだ」

万年同心が身ぶりをまじえた。

「まあ恐ろしい」

おちよが顔をしかめる。

「それはまた剣呑(けんのん)な捕り物になりそうで」

目出鯛三が言った。

「むろん、おれらは頭数が足りねえから、捕り物は代官の手下に働いてもらわなきゃならねえが、どういう追い詰め方をするかは知恵次第だからな」

黒四組のかしらが髷を指さした。

「なるほど。出番でございますね」

灯屋のあるじがうなずく。

「捕り物の出番が来るまで、わしは木曽のうまいものを食って腹ごしらえで」

室口源左衛門が帯をぽんとたたいた。

「まあ、木曽福島へ行くまでは、ほうぼうの宿場に寄ることになるからな」

黒四組のかしらが言った。

「江戸でいい旅籠をと言われたら、ぜひうちをご紹介くださいまし」

おちよが如才なく言った。

「おう、そりゃもちろんで」

あんみつ隠密が白い歯を見せた。

のどか屋の大おかみは半ば戯れ言で言ったのだが、瓢簞から駒が出ることもある。

このあと、意想外な成り行きになるのだった。

第三章　木曽路の宿

一

木曽路の宿場は十一ある。

このうち、江戸のほうから数えて、贄川(にえかわ)宿に続く二番目の宿場が奈良井(ならい)宿だ。

木曽十一宿は中山道(なかせんどう)の一部になっている。

中山道は六十九次(つぎ)だが、草津(くさつ)宿と大津(おおつ)宿は東海道(とうかいどう)と重なっている。それを抜いた中山道だけの宿場は六十七になる。

そのうち、ちょうど真ん中に位置するのが奈良井宿だ。江戸のほうの板橋(いたばし)宿、京のほうの守山(もりやま)宿、どちらから数えても三十四番目になる。

奈良井宿は、木曽路でいちばん高いところに位置する宿場でもある。難所の鳥居(とりい)峠を控えているから、旅人はこの宿場で英気(えいき)を養ってから先へ進む。旅籠が立ち並ぶ宿場町は、奈良井千軒と呼ばれるほど栄えていた。

街道に沿って細長く続く宿場町の外(はず)れに、一軒の旅籠があった。

古い看板の文字は、こう読み取ることができた。

美杉屋(みすぎや)

美しい杉が近くに植わっていたから、美杉屋と名づけられた。ただし、旅籠の名の由来になった杉は、幾十年か前の火災であいにく焼けてしまった。

木は焼けたが、旅籠は無事だった。それから代をつなぎ、この古い宿場町で旅籠の営みを続けてきた。

美杉屋の自慢は内湯と料理だ。

山の幸と川の幸。四季おりおりの素材を活かした料理に舌鼓(したつづみ)を打つためにこの旅籠に泊まる常連客も多かった。

しかし……。

そんな老舗(しにせ)の旅籠に、にわかに暗雲が垂れこめるようになった。

自慢の料理の腕を振るってきたあるじの平太郎が中風で倒れてしまったのだ。どうにか一命はとりとめたが、歩くのも難儀で厨には立てない。包丁を持っても手が震えるばかりだ。

跡取り息子の梅次郎はまだ十二で、父のもとで料理の修業を始めたばかりだった。とても料理はできない。

その頼りの父が倒れてしまった。

美杉屋の行く手に、険しい山が立ちはだかったかのようだった。

二

「ちょいと焼き加減が甘えな」

夕餉の鮎の塩焼きを食した客が首をかしげた。

「鮎飯はうめえけどよ」

そのつれが言う。

「汁の豆腐もうめえ」

「ああ、しっかりした豆腐だ」

二人の客が言った。

江戸から京へ物見遊山に行く途中の二人の男だ。前に東海道を通ったことがあるから、このたびは中山道にした。

奈良井宿でどの旅籠に泊まるか、なにぶん数が多いから目移りがしたが、どっしりした看板の美杉屋にした。内湯はいい塩梅だったけれども、残念ながら夕餉の鮎がいま一つだ。

「おーい、酒の代わりをくれ」

客が大声を発した。

「はい、ただいま」

ややあって、おかみが盆を運んできた。

「おう、鮎の焼き加減が甘えぞ」

おかみの顔を見るなり、客が文句をつけた。

「それは……相済みません。あるじが中風で倒れてしまったもので」

おかみがあいまいな顔つきで言った。

「そうかい。そりゃ大変だな」

客は気の毒そうな表情に変わった。

「料理はおかみがつくってるのかい」

もう一人の客が問う。

「修業を始めて間もないせがれがやってるんですが、まだ十二で」

おかみが答えた。

「そりゃ若え(わけ)な」

「ほかにはいねえのかよ」

江戸から来た二人の客が言う。

「せがれの姉がもう一人おります。飯炊きと汁、それに豆腐づくりは一緒に」

おかみが答えた。

「豆腐はなかなかうまかったぜ」

「鮎飯もまあまあだ」

「肝心の塩焼きがうまけりゃな」

客が残念そうに言った。

「そのうち、せがれを江戸の料理屋へ修業に出して、ちゃんとした跡取りにと思案していたのですが、その矢先にあるじが倒れてしまいまして……」

おかみがつらそうに伝えた。

「そりゃ気の毒だな。あるじは伏せってるのかい」

年かさの客が問うた。

「だいたい伏せってます。杖を頼りにすれば、どうにか立ち上がれるのですが、包丁仕事はとても無理で」

おかみは首を横に振った。

「無理しねえほうがいいぜ」

若いほうの客が言う。

「無理したくても、できないんで」

おかみは顔を伏せた。

三

「しっかり焼けと、言うたら？」

布団の中から、美杉屋のあるじの平太郎が言った。

言っただろう？　という意味だ。

「前は焼きすぎてしくじったで」

跡取り息子の梅次郎があいまいな顔つきで答えた。

「ほかの鮎飯と豆腐汁は、まあまあ評判が良かっただに」

梅次郎の母でおかみのおさきがなだめるように言った。

江戸から来た二人の客は酒を呑んで寝てしまった。ほかに泊まり客はいない。呼び込みもしていないから、旅籠はいささか寂しかった。

「気張って、やれ」

少しかすれた声で、平太郎が言った。

「へい、おとう」

梅次郎が答える。

「でも……」

その姉のおきみがおずおずと切り出した。

「でも？」

母が先をうながす。

「このままじゃ、先細りは目に見えてるずら。思い切って、料理の修業をしに行ったほうが」

おきみが言った。

「それはおいらも思案を」

梅次郎がうなずいた。

「江戸へ、行くと……こほ、こほ」

どうにか身を起こした平太郎がにわかにせきこんだ。

女房と娘がその背をさすってやる。

「もう、ええ」

ややあって、平太郎が弱々しく右手を挙げた。

そして、ふっと一つため息をついた。

「死んだ子の年を数えても仕方ねえけど、兄ちゃんが生きとればなあ」

梅次郎のほうをちらりと見て、おさきが言った。

いまの跡取り息子の梅次郎には、松太郎（まつたろう）という兄がいた。料理の筋（すじ）がよく、働き者でもあった松太郎は、いずれは父の跡を継いで美杉屋のあるじになるはずだった。梅次郎は仲のいい兄の背を見ながら育った。

だが……。

木曽谷を襲ったはやり風邪（かぜ）に罹（かか）った松太郎は、ほんの数日伏せっただけであの世へ行ってしまった。まだ十六歳の若さだった。

美杉屋は悲しみに包まれた。おととしのことだ。

松太郎が死んだときはまだ十のわらべだった梅次郎は、十二になった。新たな跡取り息子として、父から料理の手ほどきを受け、旅籠の若あるじへの道を歩みはじめた。

その矢先、不幸にも平太郎が中風で倒れてしまった。美杉屋に暗雲が漂った。

「残った者で、気張るしかねえだに」

おきみが言った。

「すまねえな」

平太郎が瞬きをした。

「おとうは養生しててくれれば」

梅次郎が言った。

「そうそう、それが何より」

おきみが和す。

「いい見世があったら、半年くらいでも江戸で修業できればねえ」

おさきがそう言って、またため息をついた。

「旅籠の看板になる料理だけでも、気を入れて覚えて帰ってくれれば」

美杉屋のおかみが言った。

「そういう見世が、あれば、いちばんで」

いまは包丁を持てないあるじが苦しげに言った。

四

翌(あく)る日――。

奈良井宿を二人の男が歩いていた。

「明日は鳥居峠越えだから、早めに旅籠に泊まろう」

そう言ったのは、黒四組のかしらの安東満三郎だった。

「飯がうまいところがいいですな」

一緒に歩いていた室口源左衛門が言う。

「おれは甘けりゃいいだけだから。味醂や砂糖くらいは厨にあるだろう」

あんみつ隠密がしれっと答えた。

江戸を出るときは韋駄天侍こと井達天之助もいたのだが、いち早く木曽福島の代官屋敷へつなぎに行った。そのあとを、宿場の様子をうかがいながら安東満三郎と室口源左衛門が追っている。

「わしは飯の盛りが良ければいいんで」

室口源左衛門の髭面がやわらぐ。

「万年がいたら、小うるさいことを言いそうだが」

いくらか足を速めながら、あんみつ隠密が言った。

舌が肥えている万年同心の縄張りは江戸だけだから、木曽路に姿を現わすことはない。

「おっ、あそこはどうです？　かしら」

日の本の用心棒が行く手を指さした。

「どこでもいいぜ。今日は奈良井に泊まるしかねえからな」

黒四組のかしらが答えた。

「なら、そこにしましょうや」

室口源左衛門も速足になった。

「おう、決めちまえ」

安東満三郎が軽く右手を挙げた。

ほどなく、旅籠が近づいた。

看板には「美杉屋」と記されていた。

五

いくらかあいまいな顔つきで、あんみつ隠密が言った。

「うん、まあ甘え」

食したのは夕餉の膳の顔、鮎の塩焼きだ。

甘ければ甘いほどいいという変わった舌の持ち主は、旅籠のおかみに味醂を所望した。鮎の塩焼きに味醂をどばどばかけて食す客は初めてだったらしく、おかみもまだわらべに毛が生えたくらいの跡取り息子も目をまるくしていた。

「かしらは甘けりゃ何でもいいんで」

笑みを浮かべて言うと、室口源左衛門は鮎を口中に投じた。

梅次郎が不安げにその顔をうかがう。

「焼き加減はいかがでしょう」

おかみのおさきがおずおずと問うた。

「ちょいと焼きすぎだな。焦げてるぞ」

日の本の用心棒が答えた。

「さようですか。相済みません」

　おかみが頭を下げた。

「相済みません」

　若い料理人も続く。

　昨日は焼き加減が甘くて文句を言われてしまったのだが、今日は逆に焼きすぎてしまったようだ。なかなかうまくいかない。

「あるじが中風で倒れて伏せっているもので、満足な夕餉をお出しできず、申し訳ないかぎりです」

　おかみがすまなさそうに言った。

「そうかい。そりゃ気の毒だな」

　安東満三郎が少し眉根を寄せた。

　ここで、娘のおきみが酒のお代わりを運んできた。

「湯豆腐ができますが、いかがでしょうか」

　おかみが水を向けた。

「味噌が甘えやつか」

　あんみつ隠密が問う。

「はい。田舎味噌ですが」

と、おかみ。

「なら、くれ。おれの分は味醂を足してな」

黒四組のかしらが言った。

「わしも食うぞ」

日の本の用心棒も右手を挙げた。

「では、支度してまいります」

おきみが頭を下げた。

「豆腐は評判がいいだに」

梅次郎の表情がやっとやわらいだ。

ややあって、湯豆腐が運ばれてきた。

すくって田舎味噌につけて食す素朴な料理だ。

「うん、甘え」

あんみつ隠密が満足げにうなずいた。

おのれの分は田舎味噌を味醂で延ばしているから存分に甘い。

「この豆腐はしっかりしていてうまいな」

室口源左衛門が笑みを浮かべた。

「はい。お豆腐はご好評をいただいております。水がいいし、豆もいいものを使っておりますので」

おかみがここぞとばかりに言った。

「のどか屋の豆腐飯の豆腐にも負けてねえな」

黒四組のかしらが言った。

「ああ、そうだな」

あんみつ隠密がうなずく。

「のどか屋の豆腐飯と言いますと？」

美杉屋のおかみが身を乗り出した。

「江戸の横山町に、のどか屋っていう旅籠付きの小料理屋がある。そこの朝餉で出る名物料理だ。これを食したいがために泊まる常連客もたくさんいるほどでな」

安東満三郎が答えた。

「しっかりした豆腐をじっくり甘辛く煮て、ほかほかの飯にのっけて食うんだ」

室口源左衛門が箸を動かすしぐさをした。

「旅籠の名物料理なんですね」

おかみはそう言って二人の子の顔を見た。

姉も弟の顔を見る。

ともに、「これは」という顔つきだ。

「そうだ。初めは豆腐だけ匙ですくって食い、それからわっとまぜて食す」

あんみつ隠密が身ぶりをまじえた。

「そこに海苔やおろし山葵などの薬味をまぜれば、なおのことうまい。朝餉には具だくさんの汁と香の物と小鉢もつく。わしもたまに食いに行くが、泊まり客じゃなくても朝餉だけ食える」

室口源左衛門が教えた。

「あの……」

おかみは一つ咳払いをすると、思い切ったように続けた。

「あるじが倒れてしまったので、この子を江戸へ修業にやって、看板になる料理を覚えさせようかと、そんな話をしていたんです」

おかみが梅次郎のほうを手で示した。

「そうかい。それなら、のどか屋の豆腐飯はもってこいだぜ」

安東満三郎がすぐさま答えた。

「これだけいい豆腐があるんだから、味つけを修業したら、木曽へ帰ってすぐ出せるぞ」

室口源左衛門がそう言って、湯豆腐をまた胃の腑に落とした。

「おいら、行きてえ、おかあ」

梅次郎が乗り気で言った。

「江戸へ修業に行くら？」

母が訊く。

「うん、行く。江戸の旅籠の名物料理を覚えて帰らず」

梅次郎は答えた。

帰るんだ、という強い意志が表れた言葉だ。

「なら、一筆書いてやるぜ。おれは常連中の常連だからよ」

黒四組のかしらが渋く笑った。

「そうしていただければ助かります」

おかみが頭を下げた。

「どうかよろしゅうに」

弟思いのおきみも続く。

「豆腐飯だけじゃなくて、ほかの料理も教わりゃいい。のどか屋の二代目は『料理春秋』っていう書物を出したくらいだからな」

　あんみつ隠密が言った。

　その後もしばらくのどか屋のことを伝えた。

　あるじの時吉は元武家だが、江戸でも指折りの料理人だということ。その師匠の長吉が始めた長吉屋は料理屋の番付の上のほうに載っていて、弟子は日の本じゅうに散らばっていること。

　黒四組の二人の話を、美杉屋の親子は熱心に聞いていた。

「のどか屋で修業したら、宿場でいちばんの旅籠になれるぜ」

　安東満三郎が太鼓判を捺した。

「いまはあるじが倒れて大変だが、ここをしのいで峠を上れば、いい景色が見えるでのう」

　室口源左衛門が情のこもった言葉をかけた。

「ありがたく存じます。気張ってやりますので」

　美杉屋のおかみがていねいに一礼した。

「江戸で気張って修業します」

まだ十二歳の跡取り息子がいい顔つきで言った。

六

翌朝――。

黒四組の二人は美杉屋を出た。

おかみから話を聞いたあるじの平太郎も、杖にすがって見送りに出た。

むろん、おかみと二人の子も一緒だ。

「お世話さまで、ございました。せがれのこと、ありがたく……」

平太郎は精一杯の礼をした。

「文に書いておいたからよ。あとは支度を整えたら、江戸へ行くだけだ」

安東満三郎が白い歯を見せた。

「はい、気張ってやります」

梅次郎が笑顔で言った。

「のどか屋はみな気がいいからな。案じずに修業しな」

あんみつ隠密が励ます。

「もし横山町が分からなければ、午過ぎに両国橋の西詰へ行けばいい。のどか屋が呼び込みをしてるでの」

室口源左衛門が教えた。

「旅籠の元締めがついてるから、長屋もすぐ見つかるだろう。そこから通って修業すればいい」

黒四組のかしらが言った。

「美杉屋ののれんがかかってるから、しっかりね」

母がせがれに言った。

「気張ってやるから」

梅次郎は軽く二の腕をたたいてみせた。

「その意気だ。なら、帰りにまた寄るかもしれねえが」

安東満三郎が言った
「はい、お待ちしております」

「どうぞお気をつけて」

おさきとおきみの声がそろった。

杖にすがって見送りに出たあるじの平太郎も、まなざしに思いをこめてうなずいた。

七

善は急げ、だ。

梅次郎はさっそく江戸へ行く支度を始めた。

奈良井宿には親族もいる。あいさつ回りをひとわたり済ませて、三日後に出立することになった。

「おれの、包丁を、持っていけ」

平太郎が梅次郎に言った。

美杉屋のあるじが伏せっている部屋だ。客の世話を終えたおさきとおきみもいる。

「ああ、おとう」

梅次郎はうなずいた。

「毎日研いで、ちゃんと修業せにゃいけんよ」

母のおさきが言った。

「うん」

跡取り息子がまた力強くうなずく。

「江戸仕込みの豆腐飯が楽しみだに」

姉のおきみが笑みを浮かべる。

「うんめえ豆腐飯のつくり方を覚えてくる」

梅次郎が笑みを返した。

「楽しみに、待ってるで」

平太郎はそう言って、続けざまに瞬きをした。

その日が来た。

母と姉はおやきとおにぎりをつくり、竹皮に包んで梅次郎に持たせた。

嚢(ふくろ)に入れたのは、父の包丁だけではなかった。

いまは亡き兄、松太郎が使っていた包丁もあった。

平生(へいぜい)は位牌(いはい)の前に置かれていた形見(かたみ)の包丁だ。梅次郎は長く手を合わせてから、兄の形見を嚢に入れた。

「兄ちゃん、一緒に気張ろうな。力を貸してくれるかや」

梅次郎は声に出して言った。

おさきとおきみに支えられ、平太郎も門口まで見送りに出た。

ちょうど泊まり客の出立に重なった。

これから善光寺参りに行くという二人組だ。

「おっ、どこへ行くんだい、旅支度で」

客の一人が問うた。

「せがれがこれから、江戸の料理屋さんへ修業に」

おかみが答えた。

「へえ、そうかい。気張ってやりな」

「何年か住み込みでやるのかい」

もう一人の客が問う。

「いえ、名物料理だけ教わって、うちに戻ることに」

おさきが答えた。

「わしが、こんな体なんで」

おかみと娘に身を支えられた平太郎が言った。

「そうかい。そりゃ大変だ」

「しっかり励みな」

「おとっつぁんは養生を」

客からあたたかい声がかかった。

「へい」

「ありがたく存じます」

美杉屋の親子が頭を下げた。

「なら、おれらはこれで」

「縁があったら、また来るぜ」

二人の客が言った。

「はい、お待ちしております」

「またのお越しを」

旅籠のおかみと娘の声がそろった。

いよいよ別れのときが来た。

「気をつけてな」

平太郎が言った。

「おとうこそ、しっかり養生するずら」

梅次郎がそう言って瞬きをした。

「あんた、御守（おまもり）は持ったら？」

　母が訊いた。

「ああ、ちゃんと巾着（きんちゃく）に入れた」

　梅次郎は答えた。

　奈良井宿の鎮守（ちんじゅ）の神様、鎮神（しずめ）社の御守だ。

「みなが護（まも）ってくれるから」

　姉のおきみが笑みを浮かべる。

「兄ちゃんの形見も入ってるんで」

　梅次郎は嚢を軽く揺すった。

「なら、気をつけて」

　母が言った。

「ああ、行ってくる」

　十二の若者が右手を挙げた。

　そして、力強く歩きだした。

　江戸ののどか屋に向かって。

第四章　修業開始

一

　江戸は人が多いと聞いていたが、これほどまでとは思わなかった。

　梅次郎は目を瞠(みは)った。

　横山町への行き方を人に訊いたけれども、巻き舌の早口でどうも要領を得なかった。両国橋の西詰に近いことは知っていたから、そちらのほうへ向かってみたのだが、途中からだんだん人が増えてきて驚かされた。

「えらい人だに」

　梅次郎は人波に流されていた。

「おう、いいとこを取らねえとな」

「いまなら大丈夫だぜ」

近くで声が響いた。

「今日は何かあるんら？」

梅次郎は精一杯の声でたずねた。

「何かって、おめえ、両国の川開きだぜ」

職人風の男があきれたように言った。

「川開き？」

梅次郎は歩きながら訊いた。

「知らねえのかよ。おめえ、どこから来た」

もう一人の男がたずねた。

「へえ、木曽の奈良井宿から」

梅次郎は答えた。

「川開きの花火見物じゃねえんだな」

「そこの両国橋から花火を見物するんでい」

片方の男が指さした。

「江戸へ何しに？」

もう一人が問う。

「横山町ののどか屋っていう旅籠付きの小料理屋で修業させてもらおうと、木曽から出て来たとこだに」

梅次郎は答えた。

「横山町なら、引き返したほうがいいぜ」

「旅籠はどこも一杯だろうがよ」

男たちが言った。

「泊まり部屋はねえだ？」

梅次郎は問うた。

「そりゃ、川開きの晩だからよ」

「みんな花火見物してから泊まって帰るんだ」

「いまから探しても、ねえかもしれねえな」

片方が気の毒そうに言った。

「とりあえず、行くだけ行ってみようかと」

梅次郎が言った。

「そうだな。旅籠の名が分かってるのなら、行ってみたらどうだい」

「泊まり部屋は埋まってても、なんとかしてくれるかもしれねえ」

「江戸は人情の町だからよ」

職人が白い歯を見せた。

その後は、横山町への行き方を分かりやすく教えてくれた。

今度は覚えた。

「ありがてえことで」

江戸の男たちに頭を下げると、梅次郎は横山町に向かって歩きだした。

二

「これで、来年は川開きへ行けますよ」

按摩（あんま）の良庵（りょうあん）が言った。

隠居の季川の療治を座敷で終えたところだ。

「いや、この歳になって花火見物は無理だね」

身を起こした季川が苦笑いを浮かべた。

「ご隠居さんも、お上（かみ）からごほうびをもらえるまで長生きしてくださいまし」

按摩の女房のおかねが言った。

「はは、九十まで生きるのは大変だよ」

季川は笑って答えた。

療治のあいだに、年寄りにほうびが与えられた話が出た。ちょうどかわら版に載ったばかりで、ほうぼうで話題になっているらしい。

それによると、このたび、九十歳以上の年寄り三十五名に、米七俵がほうびとして与えられた。最高齢は百二歳の治兵衛(じへえ)で、さらに足して十俵を賜(たまわ)った。達者な年寄りもいるものだ。

「時(とき)さんが帰ってくるまで、いま少し呑ませてもらうかね」

按摩の夫婦を見送った季川は、一枚板の席に腰を下ろした。

「焼き茄子の生姜和(あ)えはいかがでしょう」

千吉が厨から声をかけた。

「うまそうだね。おくれでないか」

隠居がすぐさま答えた。

「承知で」

千吉のいい声が響いた。

ほどなく、おひなを背負子(しょいこ)に入れたおようが戻ってきた。うしろを万吉もとことこ歩いている。猫の小太郎も一緒だ。

「はい、お散歩は終わりね」

おようがおひなを背負子から下ろした。

「見るたびに大きくなるねえ」

季川が笑みを浮かべる。

「だいぶ肩が凝るようになりました」

若おかみが右肩を軽く回した。

「そのうち、万坊みたいに歩くようになるだろう」

隠居が温顔で言った。

「お兄ちゃんと一緒に歩けるようになるといいね」

酒を運んできたおちよが声をかけた。

おひなは座敷にちょこんと座ったままだ。老猫のゆきがゆっくりと歩み寄って身をすりつける。

「お待ちで」

千吉が肴を運んできた。

おちよが酒をつぐ。もうのれんはしまってあるから、隠居の貸し切りだ。

「皮をむいてあって、見た目もいいね」

隠居は箸を取り、焼き茄子の生姜和えを口に運んだ。

焼き茄子の皮を手早くむき、おろし生姜入りの加減醤油をかける。仕上げに小口切りの茗荷(みょうが)を載せれば、小粋(こいき)な肴の出来上がりだ。

「水っぽくなくてうまいよ」

白い眉がやんわりと下がる。

「水に取ったほうが焼けた皮をむきやすいんですけど、竹串で素早くやったほうがずっとおいしいので」

千吉は身ぶりをまじえて答えた。

「なるほど。さすがの手わざだね」

隠居が笑みを浮かべたとき、表のほうから声が聞こえてきた。

「千ちゃーん」

遠くから二代目の名を呼ぶ。

「あっ、升ちゃんだ」

千吉が声をあげた。

竹馬の友で、近くの大松屋の二代目の升造だ。

さっそくおちよとともに出迎える。

「あら？」

おちよが小首をかしげた。

大松屋の跡取り息子は一人でやってきたのではなかった。

嚢を背負った旅装の若者と一緒だった。

三

横山町へ来た梅次郎は、のどか屋を探した。

「の」と大きく染め抜かれたのれんが出ていれば分かったかもしれないが、あいにくもうしまわれていた。

どこかで訊こうと思い立ち、たまたま入ったのが大松屋だった。

あとは一瀉千里(いっしゃせんり)だ。

升造が得たりとばかりにのどか屋へ案内し、梅次郎が安東満三郎から託された文を渡して来意を告げた。

のどか屋の大おかみは、すぐさま文をあらためた。

「あるじはそろそろ戻ってきますが、安東さまからのご紹介なら喜んでお引き受けしますよ」

ひとわたり目を通したおちよは笑みを浮かべた。

「ありがたく存じます。どうぞよろしゅうに」

梅次郎がていねいに頭を下げた。

「美杉屋さんという奈良井宿の旅籠で厨を受け持っていたお父さまが中風で倒れてしまって、急遽、料理の修業のためにうちをたずねられたということです」

おちよが手短に伝えた。

「それは大変だねえ」

隠居が気の毒そうに言った。

「名前は？　いくつ？」

千吉が口早に問うた。

「梅次郎で。十二です」

木曽から来た若者が答えた。

「まだ若いねえ」

案内してきた升造が言う。

「ずっとうちで？」

千吉がおちよにたずねた。

「いや、とりあえず旅籠の看板になる料理を覚えて、奈良井宿に戻って美杉屋さんの二代目としてつとめていくという段取りで」

おちよが答えた。

「となると、あれですね」

若おかみのおようが笑みを浮かべた。

「のどか屋の看板料理と言ったら、あれだから」

大松屋の二代目も言う。

「文にはこう書いてあります」

おちよが読みあげた。

> のどか屋の豆腐飯を会得し、奈良井宿に戻りて美杉屋の厨を守らんと欲し、修業に赴ける有為の若者也。
> 指導鞭撻の件、くれぐれもよしなに。

黒四組のかしらは、いささか癖のある筆跡でそうしたためていた。

「あんみつさんが泊まってくれて重畳だったね」

隠居はそう言うと、猪口の酒を呑み干した。

「捕り物のほうは？」

千吉が訊く。

「それは書いてなかったけど」

おちよが首をかしげた。

「福島の関所へ、脚自慢の人が先に走ったそうです」

梅次郎が伝えた。

「韋駄天さんだね」

千吉が笑みを浮かべた。

韋駄天侍こと井達天之助が、例によって機敏に動いているらしい。

「なら、そのうちにいい知らせが来るだろう」

季川が温顔で言ったとき、表で人の気配がした。

ほどなく、のどか屋のあるじが姿を現わした。

時吉が長吉屋から帰ってきたのだ。

四

大松屋の二代目がさっと右手を挙げた。

「ああ、ご苦労さま」

おちよが労をねぎらう。

「ありがとうね、升ちゃん」

千吉が声をかけた。

「あとはよろしゅうに、千ちゃん」

幼なじみが答えた。

「ありがたく存じました」

梅次郎がていねいに頭を下げた。

「気張ってやってね。うちの内湯にもつかりに来て」

升造が笑顔で言った。

「なら、おいらは御役御免で」

その後は座敷に移ってじっくり話を聞いた。

奈良井宿の美杉屋のあるじが中風で倒れてしまって、難儀していること。跡取り息子として期待をかけていた松太郎は、あいにくはやり病で亡くなってしまったこと。かくなるうえは、まだ十二歳の梅次郎の双肩に旅籠の行く末がかかっていること。そのために、短い間でものどか屋で修業をして、旅籠の看板になる料理を覚えて木曽へ帰りたいと念願していること。

梅次郎の話を、時吉はいくたびもうなずきながら聞いていた。

「なら、さっそく明日の朝から早起きして修業だな」

時吉が言った。

「もちろん豆腐飯ね」

おちよが言う。

「どうかよろしゅうに。でも……」

梅次郎は急にあいまいな顔つきになった。

「何か気がかりなことでも？」

おちよが問う。

「今夜は川開きの花火で、旅籠はどこも一杯で泊まり部屋がねえって聞いたもんで」

梅次郎が答えた。

「だったら、わたしの部屋に泊まればいいよ。一階の泊まり部屋は、一人だと広すぎるくらいだから」

隠居がすぐさま言った。

「押し入れに備えの布団もありますから」

おちよが笑みを浮かべた。

「さようですか。それなら、助かるだに」

ほっとした拍子に訛りが出た。

「名物の豆腐飯の仕込みから教えるんで」

千吉が言った。

「よろしゅうお願いします」

梅次郎はていねいに頭を下げた。

五

翌朝——。

千吉が早朝に梅次郎を起こしにいった。

相部屋の隠居を起こさないように気を遣いながら、一緒に厨へ行く。

「おう、眠れたか？」

仕込みを始めていた時吉が声をかけた。

「通りの声で目が覚めてしまって……」

梅次郎は眠そうな顔で答えた。

「川開きの晩だったからな」

時吉が笑みを浮かべた。

「顔を洗って、気を入れ直して」

千吉が言う。

「はい」

梅次郎の表情が引き締まった。

まずは昆布と削り節で、だしを取るところから始めた。

それから塩と醤油に仕上げの酒。

それぞれに勘どころがある。美杉屋と違うところもいろいろあったから、梅次郎はいくたびもうなずきながら聞いていた。

「だしは命のたれにもつぎ足す。割りは教えるし、帰りに小ぶりの瓶(かめ)を渡してやろう」

のどか屋のあるじが言った。

「命のたれを頂戴できるんで？」

梅次郎が驚いたように問うた。

「美杉屋さんでもつぎ足しながら使えばいいよ」

千吉が手を動かしながら言った。

「ありがてえ」

梅次郎は両手を合わせた。

「次は豆腐飯の味つけだ。濃口醬油に酒と味醂、それに命のたれを加えて甘辛い味つけにする」

時吉が教えた。

「へい」

梅次郎がうなずく。

「豆腐に味がしみるまで、じっくりと煮る。そのあいだに味噌汁をつくるのが段取りだ」

のどか屋のあるじがきびきびと言った。

「味噌汁でもけんちん汁でもいいからね」

千吉が言った。

「具は日替わりで？」

梅次郎が訊く。

「そのほうがいいだろう。豆腐は手づくりでやってるんだな？」

話を聞いていた時吉が言った。

「うちのいちばんの自慢で。いい豆を使ってるし、水もいいんで」

梅次郎は答えた。

「なら、豆腐飯を覚えて帰れば木曽の名物だ」

千吉が白い歯を見せた。

「気張って覚えるだに」

奈良井宿から来たばかりの若者がいい顔つきで言った。

段取りが進み、支度がほぼ整った頃合いに、おちよが顔を見せた。

万吉とおひなはまだ寝ている。朝餉は若おかみも休みだから、大おかみのつとめだ。

「そろそろ声をかけていい？」

おちよが問うた。

泊まり客に声をかけ、朝餉の支度が整ったと告げる。のどか屋はそこからにぎやかになる。

「おう、いいぞ」

時吉がすぐさま答えた。

「初めは見てるだけでいいからね」

千吉が梅次郎に言った。

「へい」

梅次郎は短く答えると、ふっと一つ息をついた。

六

「おっ、見慣れねえ顔だな」

「新入りかい？」

毎年、川開きの晩に泊まってくれる常連の二人組が声をかけた。

「へい、今日から修業で」

梅次郎が答えた。

「木曽の奈良井宿の旅籠から修業に見えて、うちの豆腐飯を覚えて帰るという段取りで」

おちよが手短に告げた。

「そうかい。そりゃいいや」

「ここの豆腐飯は絶品だからよ」

「年に一度の楽しみだ」

行徳から来た男たちが笑顔で言った。

ほかの泊まり客も来て、だんだんにぎやかになってきた。

ほうぼうで豆腐をすくう匙や箸が動き、笑みがこぼれる。

「おいらも食いたくなってきただ」

梅次郎がぽつりと言った。

「まかないの分もあるから」

時吉が伝えた。

「あとで食えるだ？」

梅次郎の瞳が輝いた。

「ああ。終わったら舌だめしだ」

手を動かしながら、時吉が言った。

「それまで気張って」

おちよが言った。

「へい。まだこれだけだけど」

梅次郎がおたまを軽くかざした。

味噌汁の椀が、新入りの弟子のとりあえずのつとめだ。

茄子に油揚げに葱。今日も具がたっぷりの汁だ。

ほどなく、隠居が姿を現わした。

「おお、やってるね」

季川が梅次郎を見て言った。

「へい、どうにか」

梅次郎が答えた。

「なら、ご隠居さんの分の豆腐飯は任せてみては？」

千吉が時吉に言った。

「そうだな。豆腐をすくうこの平たいおたまには備えがあるから、帰りに持っていけばいい」

時吉が道具を軽くかざした。

味噌汁をよそう普通のおたまより平たくて幅が広いから、豆腐をすくいやすい。そのままほかほかの飯にのっけて、薬味を添えて供する。

「ありがたく存じます。なら、やってみます」

梅次郎は気の入った声で答えた。

「落ち着いて」

おちよが声をかける。

「ごはんをよそって、豆腐をのっけるだけだから」

千吉も和す。

「へい、承知で」

かなり硬い顔つきで答えると、梅次郎は手を動かした。

いくらか手間がかかったが、隠居の膳ができあがった。

一枚板の席に陣取っている季川のもとへ運ぶ。

「お待たせいたしました」

やや上気した顔で、梅次郎は盆を置いた。

「崩れていないし、上々だね。さっそくいただくよ」

隠居は温顔で言った。

ここでなじみの大工衆も入ってきた。普請場の前にのどか屋で朝餉を食べていくのが習いだ。

「おっ、新顔かい」

「修業に来たのかい」

気安く声をかける。

「木曽の奈良井宿から、料理の修業に来ました」

梅次郎が答えた。

「へえ、いいとこじゃねえか」

「川魚がうめえだろう」

「しっかり覚えて帰りな」

大工衆が口々に言った。

「へい、ありがたく存じます」

梅次郎がいい声で答えた。

「いつもの豆腐飯の味だよ。これを覚えて帰れば、旅籠は繁盛間違いなしだね」

隠居が太鼓判を捺した。

「ありがてえことだに」

修業に来た若者が両手を合わせた。

七

その波が引いたところで、ようやくまかないになる。

客があらかた発ち、隠居も駕籠で帰った。いよいよ梅次郎の豆腐飯の舌だめしだ。

朝餉が終わると、出立する客がいくたりもいる。見送りと片付けもあるから忙しい。

豆腐飯を口に運んだ梅次郎が思わず声をあげた。

「うんめえ」

「次は薬味を添えて食べて」

一緒に食べながら、千吉が言った。

「どれを載せるか、目移りがするだに」

薬味を見て、梅次郎が言った。

「一つずつ試してみてください」

若おかみのおようが言った。

万吉とおひな、二人の子の世話があるから、さきほどやっと顔合わせを終えたところだ。

「そうします」

梅次郎はまず切り海苔を載せた。

少し混ぜてから食す。

「いい海苔を使ってるから、うまいだろう」

時吉が笑みを浮かべた。

今日は親子がかりの日だから、朝餉が終わってものどか屋にいる。まかないが終われば、梅次郎に中食の指南だ。

「へえ、うめえだ」

木曽から来た若者が笑顔で答えた。

さらに一つずつ薬味を試していく。

炒り胡麻、刻み葱、おろし山葵。

一つ加えるたびに豆腐飯の味わいが変わる。

「終(しま)いはわっとすべて入れて、わしわしと食べるといいよ」

千吉が身ぶりをまじえた。

梅次郎は言われたとおりにした。

「うんめえ」

修業に来た若者は同じ言葉を繰り返した。

「味噌汁のお代わりもあるから」

おちよが言う。

「へえ、それもいただきます」

梅次郎は答えた。

「頭だけじゃなくて、舌でも覚えろ」

時吉が言った。

「承知で」

木曽から来た若者がいい声で答えた。

八

その日の中食の膳は、鯛の刺身が顔だった。

これに浅蜊汁と青菜（あおな）のお浸（ひた）しと香の物がつく。いたってまっすぐな膳だ。

「木曽だと川魚だな？」

時吉が訊いた。

「へえ、鮎や岩魚（いわな）の塩焼きを出してるだに」

梅次郎が答えた。

「鮎はそのうち仕入れられるから、ほかの料理も教えよう。とりあえず、今日は魚の殿様の鯛だ」

時吉はそう言って、生（い）け簀（す）からまだ動いている鯛を取り出した。

「おいら、鯛をさばくのは初めてで」

いくらか腰が引けた様子で、梅次郎が答えた。

「初めはよく見ていてね」

千吉が言う。

「へい」

梅次郎は引き締まった顔つきでうなずいた。

「では、しっかり見ていろ」

時吉が手本を見せた。

鯛のうろこを引き、えらとわたを引いて井戸水で洗う。

頭を落とし、三枚におろして、腹骨（はらぼね）を切り取る。

包丁の入れ方と動かし方には、それぞれにこつがある。

時吉の教えを、千吉が折にふれて補いながら教えていく。

梅次郎は目を皿のようにして見ていた。

血合いと小骨を切り取り、皮をはがす。

「包丁の腹を皮に当てたまま、こうやって尾のほうから皮を引っ張ってはがすんだ」

時吉は鮮（あざ）やかな手つきで鯛の皮をはがした。

「はあ」

梅次郎は感嘆の声をあげた。

「ここからは、まず平造りだ」

時吉はさらに手本を見せた。

皮目を上にし、身の薄いほうを手前に置く。

「こうやって包丁を手前に引き、切った身を脇へ送っていく。厚さはおおよそ一分（いちぶ）半（五弱）だ」

時吉は熟練の技を見せた。

「よし、やってみろ」

ひと区切りついたところで、時吉は梅次郎に言った。

「えっ、おいらがやるだ？」

木曽から来た若者の顔に驚きの色が浮かんだ。

「そうだ。包丁は持ってきたんだろう？」

時吉が問う。

「へえ。刺身包丁は死んだ兄ちゃんの形見で」

梅次郎が答えた。

「兄ちゃんが助けてくれるから」

千吉が声をかけた。

「その分はまかないにするので、気楽にね」

おちよも言う。

「刺身が乾いてしまうから、お客さんの分はのれんを出してからつくる」

時吉が伝えた。

「承知で」

梅次郎は意を決したように平造りの稽古にかかった。

「もっと手首を利かせて、まっすぐ手前に」

時吉が身ぶりをまじえて教える。

「もうちょっと背筋を伸ばして」

千吉も言う。

「へえ」

梅次郎は懸命に包丁を動かした。

ぎこちなさは残っていたが、どうにか造りを切り終えた。

「よし。これなら中食に出してもいいだろう。けんとつまも教えよう」

時吉は笑みを浮かべた。

「江戸での初仕事だね」

千吉も白い歯を見せる。

「へえ、どうにか」

梅次郎はそう言って、額の汗をぬぐった。

九

中食の支度をしているうちに、手伝いのおけいとおちえがやってきた。

あんみつ隠密の紹介でのどか屋で修業することになった木曽の若者だと伝えると、手伝いの二人は競うように励ましてくれた。

支度が整い、のれんが出た。

「中食、始めさせていただきます」

大おかみのいい声が響いた。

「鯛のお刺身に浅蜊汁、小鉢もついて三十文ですよー」

勘定場から若おかみが声をあげる。

二人の子の世話をすぐできるように、ここに詰めるのが習いだ。

「よし、飯と汁をよそいながら、刺身のつくり方を見ていろ。あとでまたまかない用の刺身で稽古だ」

時吉が言った。

「へえ」

梅次郎が気の入った表情で答えた。

「おっ、見慣れぬ顔だな」

一枚板の席に陣取った剣術指南の武家が梅次郎に気づいて言った。

「今日から修業に入ったんです。奈良井宿の旅籠の跡取りさんで」

千吉が手を動かしながら紹介した。

「そうか。奈良井なら泊まったことがあるぞ。川魚も山菜もうまかった」

武家が表情をやわらげた。

「さようですか。おいら、美杉屋っていう旅籠から来ただに」

梅次郎が言った。

「おれが泊まったのはべつの宿だが、気張って修業して帰れ」

武家が言った。

「へえ、気張ってやります」

梅次郎が頭を下げた。

終いのほうは、時吉からうながされてお運びの手伝いもやった。

「おっ、新入りかい」

なじみの左官衆から声がかかる。

「へえ、木曽の奈良井宿から修業に来ました」

梅次郎は訛りを抑えて答えた。

「気張ってやりな」

「のどか屋の中食は江戸一だからよ」

「おう、鯛がこりこりしてら」

「浅蜊汁もうめえ」

さっそく中食をかきこみながら、左官衆が言った。

「次の膳があるよ。もうひと気張りだ」

千吉が厨から声をかけた。

「へえ、ただいま」

梅次郎は客に一礼してから厨へ戻っていった。

「よし、あと五膳だ」

時吉が言った。

「残り五膳です」

おけいが声を張りあげる。

「はいよ」

おちよがすぐさま表へ出た。

残りの客を数えて声をかける。

「こちらさまで終いでございます」

のどか屋の大おかみが身ぶりをまじえて言った。

「おお、間に合ったぜ」

客がほっとした顔つきで言った。

のどか屋の中食は、今日も好評のうちに売り切れた。

第五章　穴子一本揚げと月冠

一

「よし、次は呼び込みの稽古だな」

時吉が言った。

中食が終わり、片付けものを済ませ、まかないを食べ終えたところだ。

「呼び込みは旅籠の前でやるだ？」

梅次郎が問うた。

「ここでやっても仕方がないよ。両国橋の西詰まで行くんだ」

千吉が教えた。

「ああ、そう聞いてただ」

梅次郎が髷に手をやった。

「わたしたちと一緒に行きましょう」

おけいがおちえを手で示した。

「どうぞよろしゅうに」

おちえが笑みを浮かべた。

「へえ、よろしゅうに」

梅次郎が頭を下げた。

そんなわけで、のどか屋の三人は繁華な両国橋の西詰に向かった。

ちょうど大松屋の升造も呼び込みに来ていた。

半裃（はんがみしも）の背に旅籠の名が染め抜かれている。

これなら遠くからでも分かる。

「あっ、呼び込みの手伝いかい？」

升造が梅次郎に気づいて声をかけた。

「へえ、これも修業で」

木曽から来た若者が答えた。

「照れずに声をかければいいよ」

大松屋の二代目はそう言うと、さっそく手本を見せた。

「えー、お泊まりは内湯のついた大松屋へー」

よく通る声だ。

「なら、負けずに」

おけいが言う。

「はい」

おちえがうなずいた。

「お泊まりは、横山町ののどか屋へー」

「朝餉は名物、豆腐飯ー」

「一度食べたらやみつきにー」

「泊まって食べて豆腐飯ー」

息の合った掛け合いを見せる。

「『のどか屋へ』と『豆腐飯』だけでいいから、一緒に声を出して」

おけいがうながした。

「承知で」

梅次郎は帯をぽんと一つたたいた。

初めはもう一つだったが、繰り返すにつれてだんだん声が通るようになってきた。升造にも負けないくらいの声だ。

そのうち、客も見つかった。

梅次郎の初めての呼び込みは、上々の首尾で終わった。

二

のどか屋は二幕目に入った。

客を案内してひと息ついた梅次郎だが、厨の修業はまだまだここからだ。

「鯛茶の仕込みをしてから天麩羅だ。天麩羅は川のものでも山のものでもいけるからな」

時吉が言った。

「勘どころさえ覚えれば、あとは大丈夫だから」

千吉が和す。

「へえ、よろしゅうに」

梅次郎はまた頭を下げた。

ほどなく、元締めの信兵衛が顔を見せた。

おちよがさっそく梅次郎を紹介する。

「うちの長屋に空きが出たはずですけど」

千吉が言った。

「ああ、いま言おうと思ったよ」

元締めが笑みを浮かべた。

「なら、千吉たちと同じ長屋でお願いできればと」

おちよが段取りを進めた。

「行き帰りが同じだから」

と、千吉。

「万吉の相手もしてやってくれ」

猫を追いかけはじめたわらべを指さして、時吉が言った。

「どうぞよろしゅうに」

おひなを抱っこしたおようが言った。

「へえ、承知で」

梅次郎が表情をやわらげた。

「なら、夕方にまた寄るよ。一緒に長屋へ行こう」

元締めが梅次郎に言った。

「へえ、よろしゅうに」

梅次郎が頭を下げた。

三

元締めと入れ替わるように、岩本町の御神酒徳利がやってきた。

さっそく木曽の若者を紹介する。湯屋のあるじも野菜の棒手振りも励ましの言葉をかけてくれた。

厨では天麩羅の稽古になった。

「この人たちなら、しくじっても大丈夫だからね」

千吉が言った。

「そんな言い方はねえだろう、二代目」

寅次が苦笑いを浮かべた。

「できれば、うめえもんを食わせてくれ」

富八も和す。

「承知で」

梅次郎が気の入った声を発した。

「天麩羅は目と耳も使え」

時吉が言った。

「火が通って浮いてくるのを、ちゃんとその目でたしかめるんだ」

千吉が教える。

「へえ」

鱚を鍋に投じ入れた梅次郎が答えた。

「音が小さくなってきたら頃合いだ。よく聞いていろ」

時吉も言う。

親子がかりの教えを受けた梅次郎は、ぐっと鱚天をにらんでから菜箸(さいばし)を動かした。

「しゃっ、と油を切る」

すかさず時吉が言った。

「しゃっ」

木曽から来た若者は声に出して言った。

「言わなくてもいい」

時吉が笑みを浮かべた。

「つばが飛ぶからよ」

「手の動きだけでいいぜ」

一枚板の席から見守っていた御神酒徳利が言った。

「へえ」

梅次郎は一つうなずき、次のかき揚げに取りかかった。

新生姜と枝豆のかき揚げだ。

新生姜は皮つきのまません切りにし、枝豆は固めに茹でておく。揚げるときにも火が入るから、固めでちょうど良くなる。そのあたりの加減も大事だ。

「鍋肌に沿わせるように入れろ」

時吉が教えた。

梅次郎は浅いおたまですくったものを慎重に鍋に投じ入れた。

「固まってきたら裏返して」

千吉が言った。

「よし」

梅次郎は裏返すなり、かき揚げを鍋から上げようとした。

「まだ早い」

時吉が止めた。

「浮いてきてから少し揚げろ」

「へえ」

梅次郎が瞬きをした。

「しっかり見て、音も聞いて」

おちよも声をかけた。

「よし、そろそろ」

千吉が言う。

梅次郎が手を動かした。

今度は声を出さず、しゃっと油を切る。

みなの助けを得て、かき揚げが仕上がった。

鱚天とともに、岩本町の御神酒徳利に供する。

「おう、ぱりっと揚がってるぜ」

鱚天を天つゆにつけて食すなり、湯屋のあるじが言った。

だしが四、濃口醤油と味醂が一ずつ。

天つゆの割りも梅次郎に教えた。

「枝豆がうめえ」

野菜の棒手振りがそこをほめる。

「生姜と合わせるといいでしょう」

時吉が言った。

「いや、こりゃあ絶品で」

富八が笑顔で答えた。

それを見て、つくり手の梅次郎も笑みを浮かべた。

四

岩本町の湯屋へ行きたいという客がいたから、寅次が案内することになった。

もちろん、富八も一緒に動く。

「気張ってやんな」

「また来るからよ」

梅次郎に声をかけると、御神酒徳利はのどか屋から出ていった。

ややあって、万年同心がふらりと姿を現わした。

あんみつ隠密からの紹介で、木曽の奈良井宿から修業に来た若者だと梅次郎をひとわたり紹介した。

「かしらも気が利くじゃねえか」

万年同心は笑みを浮かべた。

「捕り物はまだこれからのようです。韋駄天さんが代官屋敷へ走ったそうで」

おちよが伝えた。

「そうかい。そっちはおれの縄張りじゃねえから、任せとくしかねえな」

万年同心は渋く笑った。

「平ちゃんは舌が肥えてるから、気張ってつくってね」

千吉が梅次郎に言った。

「なに、かしらの舌が駄目すぎるから、そう思われるだけだ」

万年同心は忌憚（きたん）なく言った。

天麩羅に加えて、鯵（あじ）の焼き霜づくりを出した。

鯵を三枚におろして皮を剝ぎ、焼いた金串を押し当てて焼き目を入れる。

鰺の刺身に縞模様が現れるから、見た目が面白いばかりでなく、魚の生臭さも取ることができる。

「金串は熱いから気をつけろ」

時吉が言った。

「承知で」

梅次郎はやや緊張の面持ちで答えた。

「まだ焼きが甘いよ」

手元を見ていた千吉が言った。

梅次郎はあわててやり直した。そのせいで縞模様が重なり、いま一つさえない仕上がりになってしまった。

「しくじっただに」

木曽から修業に来た若者はあいまいな顔つきになった。

「おれが食ってやるから案ずるな」

万年同心が声をかけた。

「すまねえこって」

梅次郎は頭を下げた。

「よし、盛り付けだ。あしらいも教えよう」

時吉が言った。

焼き霜づくりを引き立たせるために、茗荷をせん切りにしたけんを敷いてから盛り、おろし生姜と青芽(あおめ)を添える。

「少し直せばよくなる」

時吉は箸を動かした。

「わあ」

梅次郎が控えめに声をあげた。

時吉の手がちょっと加わっただけで、見違えるような仕上がりになった。

「よし。なら、お出しして」

時吉がうながした。

「へえ……お待ちで」

梅次郎は鰺の焼き霜づくりの皿を出した。

「こちらは土佐(とさ)醤油で」

千吉が小皿を運ぶ。

「皿はもっと下からお出ししろ」

時吉が梅次郎に言った。

「下から？」

梅次郎はけげんそうな顔つきになった。

「いまのはちょっと上からだったわね」

おちよが身ぶりをまじえる。

「そうだな。『どうぞお召し上がりください』と皿は下から出さなきゃならない。ゆめゆめ、『うまいから食え』とばかりに上から出してはならない」

時吉はそう教えた。

「大師匠から伝えられた教えで」

千吉が言う。

祖父の長吉のことだ。

「料理人の大切な心得だな。肝に銘じな」

万年同心が言った。

「なら、もう一回」

おちよがうながした。

「へえ……お待ちで」

梅次郎は皿を出し直した。

今度は存分に腰が低く、皿が下から出ていた。

「おう、いまのはよかったぜ」

万年同心は笑みを浮かべた。

「ありがたく存じます」

梅次郎はていねいに頭を下げた。

「食べてあげて、平ちゃん」

千吉が手で示す。

「おう」

万年同心の箸が動いた。

「……うん、うめえ」

じっくりと味わってから、黒四組の同心が言った。

それを聞いて、梅次郎はほっとした顔つきになった。

五

二幕目も千客万来だった。

泊まり客が一枚板の席でひとしきりさしつさされつしていたかと思うと、なじみの職人衆がいくたりかやってきて座敷に陣取った。つとめにきりがついた打ち上げらしい。

「おっ、でかくなったな」

職人衆の一人がたびを指さして言った。

のどか屋の子猫をもらってのんきと名づけた猫縁者の一人だ。

「のんきちゃんも大きくなったでしょう」

おちよが笑みを浮かべた。

「ああ、達者にやってるぜ」

職人が笑う。

「打ち上げだから、何か華のある肴をくんな」

かしらが言った。

「では、穴子の一本揚げなどはいかがでしょう」

時吉が厨から答えた。

「おお、いいな。そりゃうまそうだ」

職人衆のかしらはすぐさま答えた。

「承知しました」

時吉はそう答えるなり、さっそく支度にかかった。

「よく見ていろ」

弟子の梅次郎に言う。

「しゃっと手際よく鍋に入れないと、穴子がまるまってしまうからね」

千吉が身ぶりをまじえた。

「へえ」

梅次郎の顔つきが引き締まった。

「おう、うめえな、万坊」

「猫らが喜んでるぜ」

猫じゃらしを振って遊びだした万吉に向かって、職人衆が言った。

ふくとろくにたびも加わり、猫たちは競うように前足を動かしている。

「ほら、お兄ちゃん、上手ね」

抱っこしたおひなに、およりが語りかけた。

厨では、時吉が手本を見せていた。

「魚を油に入れると、皮が縮んでまるまってしまう。そこで、衣をつけたら尻尾を持ち、手前から奥に向かって流すように、さっと投じ入れる」

鮮やかな手つきだ。

梅次郎が食い入るように見つめる。

「それから、菜箸を八の字に開いて、穴子の身をそっと押さえる。皮目が揚がればもうまるまることはない。あとはこうやって……」

時吉はここで穴子の一本揚げをひっくり返した。

「返してやれば仕上がりだ。音が小さくなったところで穴子を上げて油を切ればいい」

時吉は間合いを計って天麩羅を上げ、しゃっと油を切った。

見事な穴子の一本揚げだ。

「はあ」

梅次郎が感嘆のため息をつく。

「よし、やってみろ」

時吉がうながした。

「しくじっても食ってやるから」

「臆せずやんな」

「仕事はしくじりながら覚えるもんだからよ」

職人衆から声が飛んだ。

「へえ」

一つうなずくと、梅次郎は穴子に衣をつけ、意を決したように鍋に投じ入れた。

「しゃっ」

掛け声が出る。

だが……。

あいにくまっすぐにはいかなかった。穴子は妙な具合に曲がってしまった。

「右へ曲がったよ。もっとまっすぐ」

千吉の声に力がこもった。

「力の入れすぎだ。もう一度」

時吉が言った。

「へえ」

梅次郎は気を取り直して次の天麩羅に取りかかった。

「気張って、梅ちゃん」

若おかみは木曽から来た若者をそう呼んだ。

「落ち着いてやれば大丈夫」

大おかみも励ます。

梅次郎は再び穴子を鍋に投じた。

「よし」

千吉が声を発した。

今度はまっすぐできたように見えた。

しかし、菜箸で穴子を押さえるところで力の入れ方を間違えた。

「あっ」

梅次郎は声をあげた。

もう少しのところで、穴子はよじれてまるまってしまった。

「いまのは惜しかった。仕上げてからもう一度」

時吉が言った。

「へえ」

梅次郎は悔しさを押し殺して答えた。

「まず頭の中で段取りをたしかめてからやってごらん」

千吉が教えた。

梅次郎はうなずくと、小声で段取りを反芻した。

手前から奥に向かってまっすぐ穴子を投じ入れ、菜箸で曲がらないように押さえ、皮目に火が通ったら裏返す。

「よし、もう一度だ」

時吉が言った。

「承知で」

いい声が響いた。

三度目はうまくいった。

おちよもおようも固唾を呑んで見守るなか、梅次郎の穴子は見事にまっすぐ揚がった。

「おお、できたぜ」

「よくやったな」

職人衆がほめる。

「よし、いいだろう。いまのを忘れるな」

時吉が笑みを浮かべた。

「へえ」

梅次郎は感慨深げな面持ちで答えた。

その目には、うっすらと光るものがあった。

六

「そうか。穴子の一本揚げができりゃ上々吉だ」

古参の料理人の目尻にいくつもしわが浮かんだ。

翌日の長吉屋だ。

時吉とともに一枚板の席の厨に立つのは、それなりに修業を積んだ弟子だが、梅次郎は長々と江戸にいるわけではない。濃い修業にするために、初めから入らせてみた。

むろん、腕が甘いから心もとないが、隠居所にいることも多い長吉も顔を見せ、時吉と二人がかりで教えることになった。

ちょうど客も良かった。薬研堀の銘茶問屋、井筒屋のあるじの善兵衛と、上野黒門町の薬種問屋、鶴屋の隠居の与兵衛だ。ともに古くからのなじみ客だから、若い弟子がしくじっても大目に見てくれる。

「三度目にやっとできました」

梅次郎が笑みを浮かべた。

「穴子ができりゃ、鱚や海老なんぞもできる。木曽へ土産が一つできたようなもんだ」

厨の隅に据えた床几に陣取った長吉が言った。

「へえ」

梅次郎がうなずいた。

「なるたけたくさん料理を覚えて帰りなさい」

善兵衛が温顔で言った。

恵まれない子の里親になり、何人も立派に育ててきた有徳の人だ。井筒屋善兵衛が育てた子のなかには、のどか屋で手伝いをつとめ、火消しの兄弟と縁が結ばれて倖せになっている双子の姉妹、江美と戸美も含まれている。

「ことのどか屋の料理を覚えたら、木曽一の旅籠になるよ」

　鶴屋の与兵衛が太鼓判を捺した。

　近くの紅葉屋という料理屋の後ろ盾で、当初は隠居所を兼ねるつもりだったのだが、見世が繁盛していてときどき入れないこともあるらしい。紅葉屋の女あるじのお登勢は、かつて時吉と料理の腕くらべの催しに出たことがある。千吉が紅葉屋で「十五の花板」をつとめたこともあるから、のどか屋の縁者のようなものだ。

「べつに一番じゃなくてもいいんで」

　梅次郎が首を横に振った。

「はは、欲がないね」

　与兵衛は笑みを浮かべた。

「穴子の月冠はそろそろ頃合いじゃねえか？」

　長吉が鍋を指さした。

「さようですね」

　時吉が歩み寄り、蓋を取って仕上がりを見た。

　梅次郎ものぞきこむ。

「いい塩梅です。……よし、盛り付けだ」

　時吉は弟子に言った。

「承知で」

木曽から来た若者がいい声を発した。

穴子の月冠は、長吉屋ならではの凝った肴だ。手間がかかるから、のどか屋の中食などには間違っても出ない。

まず穴子を開き、湯をかけて霜降りにする。それから皮を包丁でこそげ、ぬめりを取ってやる。

穴子の皮に茹でたうずら玉子を載せて巻く。穴子は大ぶりではなく、若魚のほうが巻きやすい。巻き終えたら凧糸（たこいと）で十文字に縛る。

だしに調味料を加え、これをじっくりと煮る。たまり醬油を足し、砂糖を加えればさらに味が深くなる。

「……できました」

梅次郎が小鉢を示した。

うずら玉子を月に見立てた穴子月冠が四つ、平たく盛られている。

「高さがねえと、うまそうに見えねえぞ」

長吉がすぐさま言った。

「せっかくの料理も、盛り付けで台なしになってしまう。こうやるんだ」

時吉が菜箸を取った。

月冠を五つ、真ん中がこんもりと高くなるように盛り付ける。

「ああ、なるほど」

梅次郎が得心のいった顔つきになった。

「覚えたか」

と、長吉。

「へえ。覚えました」

梅次郎は力強くうなずいた。

それから舌だめしになった。

「木曽の旅籠でこんな料理が出たら、客は目を回すね」

井筒屋善兵衛が言った。

「味もいいよ。うまい」

鶴屋与兵衛がうなる。

「手間がかかるから、無理に出さなくてもいいぞ」

時吉が言う。

「へえ、ここぞというときに」

梅次郎は笑顔で答えた。

第六章　鮎づくし

一

梅次郎の修業は続いた。

夏の暑い日、二幕目の厨のまな板に載った食材は、鮎だった。

ちょうど玉川からいい鮎が入った。これを用いて、さっそく修業だ。

「穴子や鯛などもいいが、木曽はやはり川魚だからな、今日は鮎づくしにするぞ」

時吉が言った。

親子がかりの日だ。厨には千吉もいる。

一枚板の席に陣取っているのは、元締めの信兵衛と、馬喰町の力屋のあるじの信五郎だ。その名のとおり、食せば力が出る盛りのいい膳を出す見世で、のどか屋とは古いなじみだ。この二人なら、しくじっても快く舌だめしをしてくれる。

「まずは背ごしだ。頭とわたを落とし、中骨ごと薄い輪切りにする。やり方は分かるな?」

　時吉は梅次郎に問うた。

「へえ、うちでも出してたんで」

　奈良井宿の美杉屋のことだ。

「よし。なら、やってみろ」

　時吉が言った。

「しっかりね」

　千吉も和す。

「承知で」

　気の入った声を発すると、梅次郎は包丁を動かしはじめた。

「血は素早く洗い流せ」

「黒い膜がなくなるまでていねいに洗って」

　のどか屋の親子が勘どころで指示を送る。

　いよいよ鮎のぶつ切りにかかった。

「ちょいと猫背になってるよ」

見ていた元締めが声をかけた。

「猫背は本家に任せておけばいいよ」

ちょうど通りかかった小太郎を指さして、力屋のあるじが軽口を飛ばす。

「へえ」

梅次郎は背筋を伸ばすと、小気味よく包丁を動かした。

ほどなく、鮎の背ごしができた。

蓼酢（たです）で供することもあるが、このたびは酢味噌にした。ほかに、山葵醤油でも、二杯酢、三杯酢でもいける。

「よし、お出ししろ」

時吉が言った。

梅次郎は盆を運んだ。

「お待たせいたしました。鮎の背ごしでございます。酢味噌でお召し上がりください」

ちゃんと皿が下から出ていた。

見守っていたおちよが黙ってうなずく。

「こりゃ、うまそうだね」

元締めがさっそく箸を伸ばした。

「うちでは出ない料理だ」

力屋のあるじが続く。

鮎の塩焼きならともかく、料理屋らしい背ごしなどは汗をかく客相手の見世で出ることはない。

「うん、夏らしくてさわやかだ」

「舌が喜びますな」

二人の常連が言った。

それを聞いて、厨に戻った梅次郎がほっとしたように笑みを浮かべた。

二

信兵衛と信五郎が帰ったあとも、鮎づくしの修業は続いた。

次は小鮎の南蛮漬け(なんばんづ)けだ。

かりっと二度揚げにした小鮎を南蛮酢に漬ける。

酢と醤油と酒を合わせてひと煮立ちさせ、輪切りの赤唐辛子と短冊切りの葱を加える。小鮎を漬けたら、蓼の葉を散らして風味を出す。

かりかりの漬けたてもいいが、二、三日置いたものも味がしみてうまい。二度楽しめるありがたい料理だ。

「あ、いらっしゃいまし、先生」

おひなを座敷に座らせていたおようが言った。

「ご無沙汰しておりました」

総髪の男が笑みを浮かべて入ってきた。

春田東明だ。

千吉の寺子屋の師匠で、学者としても並々ならぬ力量を備えている。

その学者のほうの仕事で根を詰めていたらしく、のどか屋に来るのは珍しく間が空いた。

修業に入っている梅次郎とも初の顔合わせになる。

木曽の奈良井宿の旅籠から修業に来ていること、料理人の父親が中風で倒れてしまい、短いあいだに濃い修業をして帰らねばならないこと、豆腐飯をはじめとして、もうかなり修業は進んでいること。

おちよが梅次郎について要領よく東明に伝えた。

「さようですか。それは大変ですね。しっかり学んで帰ってください」

つややかな総髪の学者は穏やかな表情で言った。

「へえ、気張って学んでます」

木曽から来た若者がいい声で答えた。

「だいぶ腕が上がってきましたよ、先生」

千吉も明るい顔で言った。

「なら、揚げたての南蛮漬けをお出しして」

時吉がうながした。

「承知で」

梅次郎はさっそく動いた。

「ずいぶん大きくなって、しっかりしてきましたね」

座敷のおひなを見て、春田東明が言った。

「ええ、おかげさまで」

おようが笑顔で答えた。

「もう一人のお子さんは？」

寺子屋の師匠が問うた。

「いまは奥で寝ていますが、言葉がびっくりするほど増えて、歩くのも速くなってきました」

おようが答えた。

「この先も楽しみですね」

学者が温顔で言ったとき、梅次郎が小鮎の南蛮漬けと酒を運んできた。

燗ではなく、湯呑みに入れた冷や酒だ。とくに所望がなければ、常連にはいつもの酒が出る。

「お待たせいたしました。小鮎の南蛮漬けでございます」

木曽から修業に来た若者は、また皿を正しく下から出した。

「いい姿勢ですね」

春田東明が笑みを浮かべた。

「もう身についたから大丈夫ね」

おちよが言った。

「へえ、おかげさんで」

梅次郎はいい顔つきで答えた。

舌だめしになった。

「うん、揚げたてはさわやかでいいですね。前に味のしみたものをいただいたこともありますが、甲乙(こうおつ)つけがたいおいしさです」

春田東明は満足げに言った。

それを聞いて、梅次郎も千吉も、時吉まで笑顔になった。

三

鮎づくしは翌日も続いた。

中食の顔は鮎飯だった。

味をつけた飯を蒸らすときに、こんがりと素焼きにした鮎を載せてほぐす。背びれを取り、骨を抜いて身をほぐすのは料理人の腕の見せどころだ。

「よく見ててね」

千吉が手本を示した。

今日は親子がかりではないから、厨は二代目の仕切りだ。

「へえ」

梅次郎は食い入るように見ていた。

「仕上げに刻んだ蓼の葉を散らすんだ」

千吉の手が小気味よく動く。

「承知で」

梅次郎がうなずく。

ほどなく、風味豊かな鮎飯ができあがった。

中食の膳には、茄子と豆腐の味噌汁、それに、味が存分にしみた小鮎の南蛮漬けがつく。名づけて「鮎の食べくらべ膳」だ。

「鮎飯がうめえ。よく火が通ってら」

「蓼の葉もさわやかでよ」

なじみの左官衆が競うように箸を動かす。

「小鮎の南蛮漬けもうめえぜ」

「唐辛子がぴりっと効いててよ」

評判は上々だった。

「二幕目には鮎の風干しもお出しできますので」

おようが勘定場から如才なく言った。

のどか屋の横手の風通しのいいところで開きにした鮎を干す。今日は日差しがあるから、半刻（約一時間）あまり干せば仕上がる。

「はは、あきないがうめえぜ、若おかみ」

「風干しをあぶって食ったらうめえんだ」

「酒の肴にゃもってこいだからな」

「なら、また来るか？」

「まずつとめを終えてからだな」

左官衆はにぎやかだ。

「お待ちしております」

おちよも笑みを浮かべる。

「多めにつくりましたんで」

厨から千吉も言った。

「よし、なら、食ったら気合入れてつとめだな」

左官のかしらが言った。

「おう」

「合点（がってん）で」

気の入った声が響いた。

四

旅籠のほうも上々だった。

呼び込みをする前に、常連が来てくれた。

一部屋は野田の醤油づくり、花実屋の主従が泊まることになった。あるじが喜助で、手代が栄太郎。花実屋は番頭の留吉に任せ、江戸であきないだ。

流山の味醂づくりの秋元家もそうだが、のどか屋とは古くからのなじみだ。千吉が当地を訪れ、思わぬ手柄を立ててかわら版に載ったこともある。

「かわいいお子さんですね。よろしゅうございました」

初めておひなを見た喜助が笑みを浮かべて言った。

「やっと首が据わって、動きも多くなってきました」

おようは座敷にちょこんと座った娘を手で示した。

「上のお子さんは元気で」

ばたばた走っている万吉を手で示して、若い手代が言った。

「目を離すと表へ出てしまうので大変です」

大おかみのおちよが言った。

「何にせよ、これからが楽しみで」

鮎飯を運んできた千吉に向かって、花実屋のあるじが言った。

二幕目の客にも出すべく、鮎飯は多めに仕込んである。

「ありがたく存じます。とにかく無事に育ってくれれば」

千吉は笑顔で答えた。

「さようですね。達者が何よりで」

野田の醬油づくりのあるじが笑みを返した。

鮎飯を平らげた主従は、さっそくあきないへ出ていった。のどか屋ともゆかりの深い竜閑町の醬油酢問屋の安房屋など、得意先を廻って新たなあきない物の小瓶を届ける。舌だめしをして話がまとまれば、野田からいくつも荷が届けられる。

醬油づくりと入れ替わるようにやってきたのは、越中富山の薬売りだった。

「まあ、孫助さん、お久しぶりで」

おちよが笑顔で出迎えた。

「また世話になるっちゃ」

のどか屋を定宿にしてくれている薬売りのかしらが軽く頭を下げた。

「こちらは新たなお弟子さんで？」

おちよが手で示した。

「へえ、豆腐飯を楽しみにして来たっちゃ」

まだおぼこい顔の若者が笑みを浮かべた。

「その前に鮎飯はいかがです？」

千吉が水を向けた。

「木曽から来たお弟子さんがつくったんですよ」

と、おちよ。

「そりゃいただくっちゃ。木曽は越中からは山越えで」

孫助が言った。

「修業させていただいてます」

梅次郎が厨を出てあいさつした。

修業に来たての頃より、目に見えて受け答えがしっかりしてきた。これなら木曽の旅籠に戻っても大丈夫だ。

「気張ってやるっちゃ」

薬売りのかしらが励ました。

「へえ」

梅次郎はいい声で答えた。

鮎飯を賞味しているあいだに、越中富山の薬売りたちから午次郎のその後を聞いた。

天保の改革で降ってわいたように出された人返し令で、あわや浅草の寄場へ送られそうになった越中生まれの午次郎は、のどか屋の取り持つ縁で孫助の弟子の幸太郎とともに故郷へ戻り、薬売りの修業をすることになった。

「もうひとわたり覚えたっちゃ。そのうち、江戸にも」

孫助はそう言って、またうまそうに鮎飯を口に運んだ。

「さようですか。それはよかったです」

おちよのほおにえくぼが浮かんだ。

五

鮎飯を平らげた薬売りたちは、さっそくあきないに出ていった。みな働き者だ。

それと入れ替わるように、つとめを終えた左官衆が言葉どおりに来てくれた。

さっそく座敷に陣取り、腰を据えて呑む構えになる。

「鮎飯はだいたい終いですが、風干しが頃合いです」

　おちよが言った。

「おう、そりゃ食うぜ」

「風干しはあぶったらうめえんだ」

「酒もどんどんくんな」

　左官衆が口々に言った。

「いまからあぶりますんで」

　千吉が厨から言った。

　金串一本に鮎の開きを二枚刺し、風通しのいいところで干す。日当たりがよければ、半刻（はんとき）から一刻（約一～二時間）で仕上がる。

　日の恵みも借りたこの風干しをあぶれば、夏場には堪えられない酒の肴になる。

「おう、今日来てよかったな」

「こら、おめえらにはやらねえぞ」

「猫はかつぶしでも食ってな」

　魚の匂いにつられてやってきた猫たちに向かって、座敷の客が言った。

　そんな調子で、左官衆が座敷でにぎやかに呑み食いしているとき、またのれんが開いて三人の客が入ってきた。

「まあ、先生がた、いらっしゃいまし」

おちよがにこやかに出迎えた。

「手前は先生ではありませんが」

笑みを浮かべて軽く手を振ったのは、小伝馬町（こでんまちょう）の書肆、灯屋のあるじの幸右衛門だった。のどか屋も力を貸し、千部超えの大当たりとなった『料理春秋』の版元だ。

「わたしもただの絵描きなので」

絵師の吉市（よしいち）も言う。

「それを言うなら、こちらはただの狂歌師で」

目出鯛三が笑って言った。

かつてはその名にちなみ、赤い鯛を散らした派手な着物をまとっていたのだが、なにぶん天保の改革でお上がうるさくなってしまったため、鯛があしらわれているにはいるがいたって控えめにしている。

「いえいえ、かわら版の文案づくりなどでもご活躍で」

おちよが言った。

「今日は打ち上げか何かで？」

千吉が厨からたずねた。

「いや、次の書物は何がいいかという漠然(ばくぜん)とした寄り合いで。あわよくば、かわら版の種も仕入れられればと」

多芸多才の目出鯛三が答えた。

「それなら、ここのお弟子さんはどうですかい」

一枚板の席に陣取った狂歌師に向かって、座敷の左官衆の一人が言った。

「お弟子さん？」

目出鯛三が厨を見た。

「木曽の奈良井宿から修業に見えてるんです。うちの料理を覚えて、体を悪くしたお父さんの代わりに旅籠を盛り立てていこうと」

おちよが伝えた。

「いい心がけで」

「ここの豆腐飯を覚えたら、もう繁盛間違いなしで」

「気張ってやりな」

もうだいぶ酒が回ってきた左官衆が言った。

「へえ、ありがたく存じます」

梅次郎が出てきて頭を下げた。

「手が空いてから、話を聞かせていただきましょうか」

目出鯛三が乗り気で言った。

「厨はわたし一人で大丈夫だから」

鮎の風干しをあぶりながら、千吉が言った。

話がまとまった。

ほどなく、酒と風干し、それに小鮎の南蛮漬けが運ばれてきた。酒肴を楽しみつつ、木曽から来た若者の話をじっくり聞く構えになった。

「旅籠の名は何と言うんです？」

筆を手にした目出鯛三がたずねた。

「美杉屋です。昔はいい枝ぶりの杉が植わっていたそうで」

梅次郎が答えた。

もう一人、筆を手にしている者がいた。

絵師の吉市だ。似面（にづら）描きとしても定評があるから、さすがの筆さばきだ。木曽から修業に出てきた若者の顔が鮮やかに描かれていく。

「お父さんの跡を継いで、旅籠が繁盛するといいね」

灯屋のあるじがそう言って、風干しを口に運んだ。

「へえ、いろいろ教わったんで」

梅次郎が答える。

「では、ささやかながら、引札を兼ねてかわら版に載せましょう。多少なりとも、お役に立てるでしょう」

目出鯛三が言った。

「うちのことを載せてもらえるだ？」

梅次郎が驚いたようにたずねた。

「もちろん、いちばんの扱いというわけにはいきませんが。たとえ埋め草でも、引札にはなるでしょう」

狂歌師はそう言ってまた筆を動かした。

「ありがたく存じます。助かるだに」

梅次郎が感激の面持ちで頭を下げた。

「なら、横山町ののどか屋で修業してると一筆添えていただければと」

おちよが如才なく言った。

「承知しました。こちらの引札にもなりましょう」

目出鯛三が笑みを浮かべた。

似面が仕上がり、聞き書きも終わった。梅次郎はまた厨に戻った。

「そう言えば、奈良井宿は中山道のちょうど真ん中の宿場でしたね」

幸右衛門が言った。

「何か思いつきましたか」

狂歌師が問う。

「おかげさまで、早指南ものは部数が出るもので、次は街道はどうかと」

灯屋のあるじが言った。

「なるほど、『東海道早指南』とか『中山道早指南』とか、いろいろ出せますな」

目出鯛三がうなずく。

「それなら、旅先の絵をたくさん描いてみたいですね」

吉市が乗り気で言った。

「先生も出張で？」

目出鯛三を見て、おちよがたずねた。

「いや、江戸を長々と留守にするわけには」

目出鯛三は首を横に振った。

左官衆は宴もたけなわで、ちょうど姿を現わしたおようと二人の子を座敷に上げ、代わる代わるに抱っこしたり高い高いをしてやったりしている。万吉もおひなも機嫌よさそうだ。

「俳諧師の方などがよろしゅうございますな。ちょっと心当たりがありますので、声をかけてみましょう」

顔の広い書肆のあるじが言った。

「東海道と中山道、どちらからにされます？」

おちよがたずねた。

「そうですねえ……」

灯屋のあるじは思案してから続けた。

「奈良井宿からお弟子さんが来たのも何かの縁でしょうから、中山道から行きましょうか」

幸右衛門は笑みを浮かべた。

「奈良井宿では、ぜひ美杉屋にお泊まりを」

梅次郎が厨からそう言ったから、のどか屋に和気が満ちた。

第七章　味の杉

一

二日後ののどか屋は親子がかりの日だった。

暑気払いを兼ねて、中食の顔は素麵にした。

ただの素麵ではない。風味豊かな玉子豆腐が載っている。これに蓴菜も加えた華やかなひと品だ。玉子は貴重な品だが、のどか屋には伝手があり、玉子をわりかた安値で仕入れることができる。

梅次郎に訊いたところ、親族に鶏を飼っている者がおり、玉子を仕入れることはできるらしい。ならば、それを活かした献立をとばかりに、時吉が玉子豆腐のつくり方を指南した。

勘どころは裏ごしだ。溶き玉子とだしを合わせたものを裏ごしするかしないかで、口当たりがまるっきり違ってくる。そのあたりのやり方を、梅次郎は気を入れて学んでいた。

中食には、玉子豆腐入り素麵のほかに刺身の盛り合わせを付けた。木曽なら鮎の背ごしや塩焼きなどを添えればいい。

評判は上々だった。

「なんだ素麵かよと思ったら、ずいぶん食べでがあるな」

「おう、これだけで腹がふくれるぜ」

なじみの職人衆が上機嫌で言った。

「玉子豆腐がまたうめえ」

「蓴菜もいいぞ」

「刺身もこりこりだ」

常連客が口々に言った。

客が続けて入ってきたから、修業の一環で、梅次郎も膳運びを手伝った。

「お待たせいたしました」

剣術指南の武家に膳を置く。

「これはうまそうだな。修業はまだ続くのか」

常連客がたずねた。

「そろそろ試しづくりをさせてみようと思っています」

時吉が厨から言った。

「なるほど。それがうまくいったら免許皆伝だな」

武家はそう言うと、さっそく箸を取った。

「へえ、気張ってやります」

木曽から来た若者は引き締まった顔つきで答えた。

「励め」

武家はそう言うなり、わしっと素麵を口に運んだ。

そして、満足げな笑みを浮かべた。

二

二幕目に入るなり、野菜の棒手振りの富八が急ぎ足で入ってきた。

「あれっ、今日はお一人で?」

おちよがけげんそうな顔つきになった。

御神酒徳利の片割れの姿がない。

「来るつもりはなかったんだが、これにのどか屋が載ってるって小耳にはさんだもんで」

富八は芝居がかったしぐさで一枚の刷り物を差し出した。

「ひょっとして、梅ちゃんが載ってるかわら版？」

千吉が飛び出してきた。

「そのとおりで、二代目」

野菜の棒手振りが笑みを浮かべた。

「目出鯛三先生はやることが早いな」

厨で手を動かしながら、時吉が言った。

「わあ、梅ちゃんの似面まで載ってる」

千吉が声をあげた。

当の梅次郎が厨を出て、かわら版を見た。

「これがおいらだ？」

梅次郎がややあいまいな顔つきで言う。

「そっくりよ」

おひなを背負ったおようが笑みを浮かべた。

「さすがは絵師で」

千吉も言う。

「木曽の旅籠のいい引札になりますぜ」

富八が言った。

「ちょっと見せて」

おちよが手を伸ばした。

「みなのために読んでやれ」

時吉が言う。

「そうね。じゃあ、読むわね」

のどの調子を整えると、おちよはかわら版を読みはじめた。

文面はこうだった。

横山町の旅籠付き小料理屋のどか屋は味自慢にて、これまであまたの弟子を育ててきをり。

その厨に、木曽の奈良井宿より、一人の弟子が修業に入りたり。まだ十二歳の梅次郎は当地の旅籠、美杉屋の跡取り息子なり。

かつては美しき杉が植わつてをりし旅籠に苦難の波が襲ひたり。梅次郎の兄は病にて若死にし、このたびはあるじの父が中風で倒れたり。十二の若者の双肩に、旅籠の命運が託されたり。かくなるうへは名店で修業をと江戸に向かひ、朝膳の豆腐飯で名高いのどか屋にて奮闘中なり。

気張れ、梅次郎。やがて美杉屋に立派な味の杉が育たん。

「味の杉が……」

聴き終えた梅次郎が、感慨深げに瞬きをした。

「立派な味の杉になるよ」

千吉が白い歯を見せた。

三

「味の杉か……いい言葉だね」

座敷で腹ばいになった隠居の季川が言った。

今日は療治の日だ。先ほどからひとしきり良庵が腰をもんでいる。

「杉をこれから育てるのは大変ですけど、味の杉なら」

按摩の女房のおかねが言った。

「へえ、精進します」

顔を見せた梅次郎が言った。

「次の親子がかりの日に、関所の試しづくりをさせてみようかと思っています」

時吉が段取りを示した。

「なるほど、それは木曽へ帰るための関所だね」

隠居がうまいことを言った。

「関所を通れなかったら、江戸でさらに修業を」

指を動かしながら、良庵が言う。

「気張ってやるだ」

木曽から来た若者が、おのれに言い聞かせるように言った。

療治が終わり、隠居は一枚板の席に移った。代わりに川崎（かわさき）から来た二人組の客が空いた座敷に移って呑み直す構えになった。

「すまなかったね、場所を取って」

季川がひと言断った。

「なんの」

「気持ちよさそうな療治でしたな」

川崎の二人組が言った。

「寿命を延ばしてもらっているよ」

隠居の白い眉がやんわりと下がった。

座敷と一枚板の席に肴が運ばれた。

まずは鰯の梅煮だ。

青魚の臭みをうまく抜いた味つけで、脇に添えた春菊もいいつとめをしている。

「いい塩梅だね」

隠居が顔をほころばせる。

「さすがは『亀まさ』のおかみが修業をした名店で」

「評判どおりのうまさだ」

川崎の二人組も満足げに言う。

川崎大師の門前に瓢屋という見世がある。そこのせがれの亀太郎と、縁あってのどか屋で修業をした女料理人のおまさが切り盛りしているのが「亀まさ」という旅籠だ。そこでも豆腐飯が出る。

聞けば、亀まさの夫婦はその後も子宝に恵まれ、三人の子を育てながら旅籠を繁盛させているらしい。おまさの母のおしげも住み込みで働いているし、新たに手伝いの娘も入ったという話だから、旅籠はうまく回っているようだ。

「お待ちどおさまでございます。牛蒡(ごぼう)の胡麻酢和えでございます」

修業中の梅次郎が小鉢をていねいに下から出した。

「いい所作だね」

隠居がほめた。

「ありがたく存じます」

梅次郎が小気味よく頭を下げた。

牛蒡の胡麻酢和えは、和えたてより四半刻(しはんとき)(約三十分)ほど味をなじませたほうがうまい。仕上げに粉山椒(こなざんしょう)を振ると、味がぴりっと締まる。

「小粋な酒の肴だね」

隠居が満足げに言ったとき、のれんが開いてまた客が入ってきた。

「あっ、先生」

千吉が声をあげた。

のどか屋に姿を現わしたのは、本道（ほんどう）の医者の青葉清斎（あおばせいさい）だった。

四

「そうですか。木曽の奈良井宿から修業に」

茶を運んできた梅次郎に、清斎が言った。

千吉とおちよが手短に紹介したところだ。

「試しづくりの関所を越えたら、木曽へ戻れるそうで」

梅次郎が少し表情をやわらげた。

「しくじったら、まだまだ修業だぞ」

時吉が厨からクギを刺すように言った。

「はは、時さんは厳しいから」

隠居がそう言って、猪口の酒を呑み干した。

「気張ってやってください」

総髪の医者が笑みを浮かべた。

のどか屋がまだ神田三河町(かんだみかわちょう)にあったころからの古いなじみで、患者たちの信頼が厚い名医だ。診療所の並びの療治長屋では、のどか屋から里子に出した猫が療治の友をつとめている。

妻の羽津(はつ)は江戸でも指折りの女産科医で、かつては千吉を取り上げてくれた。早いもので、もう二十年も前のことだ。

「へえ、気張ります」

木曽から来た若者は引き締まった顔つきで答えた。

ややあって、次の料理ができた。

煮茄子蕎麦だ。

茄子は八分どおり煮てから湯に取り、油気(あぶらけ)を落としてやる。この下ごしらえが仕上がりに活きてくる。

だしに醤油と味醂を入れてひと煮立ちし、削り節と煮干しを加えてさらに煮る。煮干しは頃合いになったら取り出しておく。

茹でた蕎麦と煮茄子を合わせ、粗熱(あらねつ)の取れただしを張り、白髪葱(しらがねぎ)やおろし山葵などの薬味を添えれば出来上がりだ。

「これもうめえな」

「茄子の煮加減、蕎麦の茹で加減、どちらも言うことなしだ」

川崎の二人組がうなる。

「茄子には体を冷やしてむくみを取る効用がありますから、暑い夏場にはもってこいです」

薬膳(やくぜん)に詳しい清斎が言った。

「汁もいい味だね」

隠居が満足げに言った。

「これなら木曽でも出せるね」

千吉が梅次郎に言った。

「へえ、畑で育ててるだに」

梅次郎が答えた。

「豆腐もつくってるんだから、煮茄子の代わりに豆腐蕎麦でもいいぞ」

時吉が言った。

「豆腐飯の煮豆腐を載せるんで？」

梅次郎がたずねた。

「いや、それだとややくどい。ただの豆腐を載せ、つゆを濃いめにする。つゆは冷やしておき、茗荷や貝割菜や削り節など、薬味をたっぷり添えて豆腐を崩しながら食べるとうまい」

時吉は軽く身ぶりをまじえた。

「それも夏場にはよさそうです。薬膳の理にかなっていますよ」

清斎が太鼓判を捺した。

「なら、木曽に帰ったら試してみます」

梅次郎が明るい表情で言った。

五

いくらか経ち、また親子がかりの日が巡ってきた。

中食は鰻の二色焼きだった。

片方は普通の蒲焼きだが、もう片方はひと手間かけ、皮のほうにさらに黄身を塗って香ばしく焼きあげている。親子がかりの日ならではの凝ったひと品だ。

これに茶飯と根深汁、香の物とお浸しの小鉢がつく。

「白焼きと蒲焼きの食べくらべはしたことがあるけど、これは初めてだな」

「中食まで出立を延ばしてよかったぜ」

川崎から来た二人組が言った。

「いつもより値が張るのは仕方ねえな」

「玉子の黄身を塗ってるんだからよ」

「おかげで味がまろやかでうめえ」

こちらはなじみの職人衆だ。

そんな調子で、中食の膳が滞りなく売り切れ、短い中休みを経て二幕目になった。

「関所の試しづくりをやりますか、師匠」

千吉が時吉に問うた。

実の父だが、「師匠」と呼ぶようになってだいぶ経つ。祖父の長吉は「大師匠」だ。

「舌だめしのお客さんが来てくれればいいんだが」

時吉は慎重に答えた。

おちよも言った。

「もう少し待ったほうが」

ふっ、と一つ、梅次郎が息をつく。いよいよ最後の試しづくりだから、だいぶ緊張しているようだ。

待った甲斐があった。

ややあって、そろいの半纏姿の男たちがにぎやかに入ってきた。

よ組の火消し衆だ。

「今日は祝いごとで」

かしらの竹一が言った。

「どんな祝いごとです？」

おちよがたずねた。

「兄ちゃんのとこに、無事ややこが生まれたんで」

火消しの卯之吉が答えた。

双子の兄は竜太で、同じ双子でのどか屋の手伝いをしていた江美を女房にしている。その江美が、このたびつつがなく初めてのややこを産んだらしい。

「まあ、それはそれはおめでたいことで」

おちよの顔がぱっと晴れた。

「おめでたく存じます」

おひなをあやしていたおようの顔もほころぶ。

「男か女か、どちらです？」

千吉がたずねた。

「男の子で。まだついてなきゃならねえから、今日は兄ちゃんは来てねえんだが」

卯之吉が答えた。

「そりゃ、江美ちゃんと赤子のそばにいてあげないと」

と、おちよ。

「で、今日はその祝いごとですね？」

時吉が厨から問うた。

「いや、もう一つあるんだ」

竹一がにやりと笑った。

「おめえから言いな」

纏持ちの梅次が卯之吉に言った。

「へい」

双子の弟は一つうなずいてから告げた。

「うちのも、ややこを身ごもったんでさ」

六

まさに、二重の祝いごとだった。

双子の姉の江美は赤子を産み、妹の戸美もややこを身ごもった。盆と正月が一緒に来たようなものだ。

関所の試しづくりの舌だめし役に、おめでたがあった卯之吉と火消し衆はもってこいだ。さっそく厨で梅次郎の試しづくりが始まった。

「気張ってやんな」

「関所を通ったら木曽へ帰れるぜ」

「落ち着いてやりな」

おちよから話を聞いたよ組の面々から声が飛んだ。

「へえ」

ねじり鉢巻きの梅次郎が答えた。

まずは穴子の一本揚げだ。

時吉と千吉が見守るなか、木曽から来た若者は教わったとおりに手を動かした。

最後に、しゃっと油を切る。

穴子は見事にまっすぐ揚がっていた。

おちよがほっとしたように息をつく。

「よし。次は鮎の背ごしだ」

時吉が言った。

「承知で」

梅次郎はいい声で答えた。

穴子の一本揚げはほどよい長さに切り、火消し衆のもとへ運ばれた。

「おう、ちょうどいい塩梅だ」

天つゆにつけて食したかしらが言った。

「まずは関所を通ったな」

纏持ちも和す。

「ここからは鮎づくしで」

千吉が言った。

「いくらでも食ってやるから」

「どんどん持ってきてくんな」

よ組の火消し衆がにぎやかに言った。

梅次郎の手が小気味よく動いた。

鮎の背ごしができた。

「よし、いいだろう」

時吉が出来栄えを見て言った。

あしらいに至るまで、なかなかの出来だった。これなら美杉屋でも胸を張って出せる。

「次は塩焼きだ。鮎飯も出すぞ」

時吉が言った。

「へいっ」

梅次郎は気合の入った声で答えた。

その後もひとしきり関所の試しづくりが続いた。

「鮎の塩焼きでございます」

梅次郎は厨を出て、できたての料理を客に供した。

「おう、こりゃうまそうだ」

「背びれがぴんと立ってるぜ」

「串打ちがいい塩梅だ」

よ組の火消し衆が口々に言った。

焼き加減の評判も上々だった。美杉屋では焦がしたり生焼けだったりさんざんだったが、修業の甲斐あってちょうどいい塩梅になった。塩の加減もいい。これまた文句なしの出来だった。

ややあって、鮎飯もできた。

「こりゃうめえや」

「名物になるぜ」

「さすがはのどか屋仕込みだ」

火消し衆の日焼けした顔に笑みが浮かんだ。

ここまでしくじりはない。関所の試しづくりは追い込みに差しかかった。

煮茄子蕎麦も好評だった。梅次郎が打った蕎麦はやや不揃いだったが、心はこもっていた。

木曽の旅籠で出すのなら、これでいい。今日は煮茄子蕎麦だが、天麩羅蕎麦や天ざるなども出せる。山に囲まれた奈良井宿は茸や山菜がことのほかうまい。天だねに事欠くことはない。

仕上げは、焼きおにぎり茶漬けだった。

木曽はおやきが名物だ。それについては、すでに梅次郎には心得がある。旅籠で出したり、笹の葉に包んで客に持たせたりすることができる。

それに加えて、香ばしい焼きおにぎりのつくり方を伝授した。秘伝の割りの醬油を刷毛(はけ)で二度、三度と塗って焼いたおにぎりは実にうまい。

これを茶漬けの具にすると、さらにうまさが引き立つ。

薬味は三つ葉、切り海苔、おろし山葵だ。茶は番茶でも煎茶でもいい。

「なるほど、茶漬けの具にすると、またひと味違うな」

かしらの竹一がうなった。

「茶のしみてるとこと、上のぱりっとしたとこの味が違って絶品だぜ」

纏持ちも感心の面持ちで言う。

「こりゃあ、旅籠の名物になるよ」

卯之吉が太鼓判を捺した。

「豆腐飯とおんなじで、一度食べたらまた食べたくなる味だな」

よ組のかしらが言う。

梅次郎の料理は終いまで好評だった。

「なら、おまえさん、関所は通ったということで」

おちよが時吉に問うた。

「そうだな。支度が整ったら、いつ木曽へ帰ってもいいぞ」

時吉は梅次郎に言った。

「へえ、ありがたく存じます」

木曽から来た若者は深々と頭を下げた。

その目には、はっきりと光るものが宿っていた。

第八章　中山道舌だめし

一

のどか屋で料理の修業をし、最後の試しづくりの関所を越えた梅次郎は、三日後に木曽へ発つことになった。

もう残りは少ない。その日は朝膳も中食も、梅次郎はことのほか気を入れて手を動かしていた。

「毎度ありがたく存じました。またのお越しを」

声もよく出ていた。

これなら美杉屋へ戻っても大丈夫だろう。

二幕目に入ると、嬉しい客が来てくれた。

かわら版で梅次郎のことを知った同じ木曽出身の若者が、修業中の指物師の親方と一緒にのれんをくぐってくれたのだ。

「まあ、かわら版を読んでうちへ」

おちよが出迎えた。

「たまたま知り合いに見せてもらったんでさ。おめえんとこにも木曽から来た弟子がいるなって」

指物づくりの親方が言った。

金釘をいっさい使わず、木だけで組み立てた品を指物と呼ぶ。簞笥や茶棚など、江戸では多くの優れた指物がつくられていた。

「さようですか。では、さっそく顔合わせを……梅ちゃん、ちょっとこっちへ」

おちよは厨に声をかけた。

「へえ」

梅次郎が手を拭きながら出てきた。

さっそく顔合わせになる。

指物づくりの弟子は辰平だった。歳は十九だから、梅次郎より七つ上の兄貴分だ。

「おいら、木曽の平沢の出で」

辰平が告げた。

「あっ、なら、隣だに」

梅次郎の声が弾んだ。

木曽平沢は宿場ではないが、奈良井宿の手前の集落で、漆器づくりなどが盛んだ。

「奈良井にもなんべんも行ってるんで」

辰平が笑みを浮かべる。

「美杉屋の前を通ったこともあるんだったな」

親方が言う。

「へえ。なつかしいなあ」

木曽から修業に来ている若者が少し遠い目になった。

「梅ちゃんは修業を終えて奈良井へ戻るんで、里帰りのときに寄ってあげてください」

千吉が厨から言った。

「それはもう。楽しみで」

辰平がすぐさま答えた。

「なら、ここで修業した腕を見せてくんな」

親方が言った。

「へえ、承知で。少々お待ちを」

梅次郎がいい声で答えた。

千吉も手伝い、次々に肴を仕上げた。

いい穴子が入っていたから、一本揚げと蒲焼きにした。梅次郎が揚げた穴子は、ほれぼれするほどまっすぐに揚がっていた。

「さくっとしててうめえな」

親方が相好を崩した。

「蒲焼きがまたうめえや」

辰平も満足げに言う。

「あとで焼きおにぎり茶漬けもお出しします。鯵の開きもあぶれます」

梅次郎が言った。

「なら、どっちもくんな」

親方の手が挙がった。

これまた大変に好評だった。

「下谷（したや）から来た甲斐があったな」

親方がそう言って、うまそうに猪口の酒を呑み干した。

「おなかも一杯で」

焼きおにぎり茶漬けを平らげた辰平が、帯に軽く手をやった。

「次の藪入りで木曽へ帰ったら、美杉屋へ寄ってやんな」

親方は情のこもった声音で言った。

「へえ。近場ですから」

辰平が答えた。

「それまでにもっと腕を上げて、おいしいものをお出ししますので」

ずいぶんとたくましくなった顔で、梅次郎が言った。

二

指物づくりの二人が帰ってほどなく、またしても木曽にゆかりの男たちがのどか屋へやってきた。

いや、一人を除けば、帰ってきたと言うべきだろう。

のどか屋ののれんをくぐってきたのは、黒四組の面々だった。

「おう、修業やってるか」

かしらの安東満三郎が、厨の梅次郎にいきなり声をかけた。

「あっ。奈良井でお世話になりました」

梅次郎がぺこりと頭を下げた。

「もう試しづくりの関所を越えて、三日後に帰ることに」

千吉が笑顔で告げた。

「そうかい。危うく入れ違いになるとこだったな」

あんみつ隠密はそう言って、座敷に上がった。

室口源左衛門と井達天之助、それに、ずっと江戸にいた万年平之助も続く。黒四組勢ぞろいだ。

「おそろいでお見えということは、捕り物は終わったんですね？」

おちよがたずねた。

「さすがに読むな、大おかみ」

あんみつ隠密がにやりと笑った。

「木曽にもう鉄砲水は出ぬからのう」

日の本の用心棒の髭面がほころんだ。

「鉄砲水の辰も、手下どもも、代官所と力を合わせて一網打尽に」

韋駄天侍が白い歯を見せた。

「さようですか。それはお疲れさまでございました」

おちよが一礼した。

「平ちゃんは江戸にいただけだよね」

千吉が軽く言う。

「そりゃ、縄張りだからよ」

万年同心が軽くいなした。

今日は捕り物の打ち上げだ。酒に加えて、料理が次々に運ばれた。千吉と梅次郎が手分けしてつくった品だ。

「うん、甘え。ここのあんみつ煮は夢に出てきたぜ」

安東満三郎がそう言って、また油揚げの甘煮に箸を伸ばした。

「この鮎は、姿美しく焼けておるのう」

室口源左衛門が塩焼きを口に運ぶ。

「焼き加減も上々で」

井達天之助も笑みを浮かべた。

「もうしくじることはないね」

厨で手を動かしながら、千吉が言った。

「へえ。大丈夫です」

梅次郎が頼もしい声を発した。

天麩羅の盛り合わせを食しながら、黒四組の土産話がひとしきり続いた。

このたびの捕り物では、室口源左衛門が大車輪の働きだったらしい。悪者をばっさばっさと斬り倒したそうだから、さすがは日の本の用心棒だ。

「安東さまも立ち回りに？」

おちよがたずねた。

「おれは例によって、いちばんいいとこで『これにて一件落着（らくちゃく）！』と言ってやっただけだ」

黒四組のかしらがそう答えたから、海老天を賞味していた万年同心が苦笑いを浮かべた。

穴子は一本揚げと蒲焼きばかりでなく、寿司も出した。刻んでちらし寿司の具にしてもいいが、今日はにぎりだ。

「いい塩梅だな」

食すなり、万年同心が言った。

「しっかり教わったんで」

梅次郎が笑みを浮かべた。

「これだけいろいろできたら、木曽へ帰っても大丈夫だよ、平ちゃん」

千吉が明るい声で言った。

「教え役が板についてきたな、千坊」

万年同心が白い歯を見せた。

「二人の子の父親もよくやってくれてます」

おひなを抱っこしたおようが言った。

「そりゃ何よりだ」

と、同心。

万吉は室口源左衛門と相撲を取りはじめた。

「えいっ」

掛け声を発して、小さなわらべなりにぶつかる。

「しっかり押せ」

安東満三郎が身ぶりをまじえた。

「足に力を入れて」

韋駄天侍も声をかける。

「気張れ」

修業を終えて木曽へ帰る若者も、気の入った声援を送った。

三

帰り仕度は整った。

朝餉で最後の豆腐飯を出したら、のどか屋を出て帰路に就く。ひとまず今日は板橋宿に泊まり、奈良井宿まで中山道を進んでいくことになる。

「のどか屋で出す最後の豆腐飯だね。じっくりいただくよ」

ゆうべは泊まりの日だった季川が言った。

「へえ。ご隠居さんにはお世話になりました」

梅次郎が頭を下げた。

「体に気をつけて、気張りすぎないように気張って」

隠居はそう言うと、豆腐飯を口に運んだ。

「この味が出せれば、旅籠は大繁盛だ」

温顔がほころぶ。

「ほどほどに気張ってやります」

梅次郎は笑みを返した。

「郷里(くに)へ帰るのかい」

「木曽だったな」

朝餉だけ食しに来たなじみの大工衆が訊いた。

「へえ、いい修業をさせていただきました」

梅次郎がちらりと時吉のほうを見た。

朝餉まではのどか屋で、終わり次第、浅草の長吉屋へ向かう。

「短いあいだに精一杯覚えてくれたので」

時吉が言った。

「のどか屋仕込みなら、日の本じゅうどこでもいけるぜ」

「豆腐飯も出すんだろ?」

大工衆が訊く。

「へえ。豆腐は前から旅籠でつくってるんで」

梅次郎が張りのある声で答えた。

修業を締めくくる豆腐飯の朝餉は滞りなく終わった。

「途中までは一緒に行こう」

時吉が言った。

「へえ。そうします」

旅支度を整え、大きな嚢を背負った梅次郎が答えた。

嚢の中には、のどか屋の命のたれを入れた蓋付きの瓶も入っている。これがあれば、毎日つぎ足しながら使うことができる。

「これは少ないけれど」

おちよが餞別(せんべつ)を渡した。

「いや、修業させていただいて、そんなものまで頂戴するわけには」

梅次郎は固辞(こじ)した。

受け答えもずいぶん成長してくれた。

「旅の途中で、宿場のうまいものを食べて舌だめしをしなさい。それが最後の修業だ」

時吉が言った。

「そうそう。舌だめしのお金だから、梅ちゃん」

　おようも笑みを浮かべた。

「それなら……しっかり修業しながら木曽まで帰ります」

　梅次郎は一礼すると、餞別を大事そうにふところにしまった。

「なら、もう一つ餞別を、師匠」

　おちよが季川に水を向けた。

「はは、発句かい」

　半ばは予期していたような表情で、隠居が答えた。

「それがないと締まらないので」

　千吉が言った。

　ややあって、支度が整った。

　　山川の恵みの幸や木曽の秋

　隠居はうなるような達筆で餞別の発句をしたためた。

「さあ、付けておくれ、おちよさん」

弟子につなぐ。

「承知しました」

おちよはそう答えると、いくらか思案してから付け句を記した。

　谷を彩る悦びの色

「きれいな紅葉の情景が目に浮かぶかのようだね」

季川がうなずいた。

「ありがたく存じました」

やや上気した顔で、梅次郎が礼を述べた。

四

「なら、気をつけて」

千吉が手を振った。

「お達者で、梅ちゃん」

おひなを抱っこしたおようも和す。

「木曽で気張ってね。文も頂戴」

情のこもった声で、おちよが言った。

「文は……おいら、字が下手で、むずかしい言葉も知らねえから」

梅次郎はあいまいな顔つきで答えた。

「心がこもっていればいいぞ。料理と同じだ」

時吉が言った。

「へえ。なら、落ち着いたら書くんで」

梅次郎は笑みを浮かべた。

「楽しみに待っているからね。無理しないで」

千吉が言った。

「へえ。またいつか」

感慨深げな面持ちで、梅次郎が言った。

「元気でね、梅ちゃん」

おようが声を送る。

「またいつか、のどか屋へ」

おちよが和す。

「へえ、お世話になりました。これで木曽へ帰ります」

梅次郎は深々と頭を下げた。

分かれ道が来るまで、時吉はさらに料理の話をした。

細かい調理法などではなく、心構えの話だ。

時吉がことに力説したのは、下ごしらえの大事さだった。湯通しやあく抜きや裏ごしなど、ひと手間をかけるだけで出来上がりが格段に違ってくる。

「下ごしらえは、味をしみこませるための道をつけてやるようなものだ」

時吉はそう教えた。

「へえ」

歩きながら、梅次郎は殊勝（しゅしょう）な面持ちで答えた。

「味の道がついたら、うまい料理に仕上がるわけだ」

時吉が言う。

「味の道ですね」

と、梅次郎。

「そうだ。味の道をつくる下ごしらえから、うまくなれ、うまくなれと念じながら、心をこめてつくれ」

　時吉の声に力がこもった。

「承知で」

　梅次郎は引き締まった顔つきで答えた。

　やがて、分かれ道が来た。

「なら、気をつけて帰れ。親御さんを大切にな」

　時吉は笑みを浮かべた。

「へえ。これまでありがたく存じました」

　梅次郎はまた深々と頭を下げた。

五

　おちよからもらった餞別を使い、ほうぼうの宿場で名物料理を食しながら、梅次郎は中山道を進んだ。

　深谷(ふかや)宿では煮ぼうとうを食べた。ほうとうは甲州(こうしゅう)では味噌仕立てだが、武州(ぶしゅう)深谷では醬油味だ。ほうとうもさることながら、葱がまた格別のうまさだった。

上州の安中宿では、おっきりこみうどんを食べた。ほうとうとも一脈通じる幅広の麺で、とろみがいい塩梅だった。旅籠の膳は醬油と味噌の二味の食べくらべになっていたから、舌だめしにはちょうどよかった。

険しい碓氷峠を越えて信濃に入り、沓掛宿に泊まった。

「ああ、ここまで帰ってきただに」

旅籠の夕餉を食しながら、梅次郎は感慨深げに独りごちた。

信州らしく、蕎麦とおやきが出た。美杉屋でも出していた地の料理だ。蕎麦はいま一つだったが、香りがなつかしくて涙が出そうだった。

あいにくのあらしで、沓掛宿に足止めとなった。草津の湯に向かう道もある宿場で、旅籠は十軒を超える。梅次郎はなるたけ多くの料理を頼んで舌だめしをした。

「この鮎は、串打ちも焼きも甘いずら」

塩焼きを食しながら、梅次郎は首をひねった。

修業の甲斐あって、料理の粗がよく見えるようになっていた。

あらしが収まり、中山道を先へ進んだ。

難所の和田峠の手前で泊まることにした。和田宿だ。

次の下諏訪宿まで、五里半（約二二キロメートル）も山道をたどらねばならない。中山道最大の難所とも言われているが、雪が積もる冬場ではないのは幸いだった。旅人はおおむねこの宿場で英気を養ってから峠に挑む。旅籠の数も三十軒近くあった。

当たり外れは覚悟のうえだったが、幸いにも当たりだった。岩魚の焼き加減はほれぼれするほどで、飯も汁も申し分がなかった。

ことに学びになったのはおやきだった。

胡桃味噌は美杉屋でも出したことがあるが、ぱりっとしていて具とよく響き合っていた。

びっくりしたのは切干大根のおやきだった。初めてだったが、存外に合うので驚いた。これは奈良井に戻ったらさっそく試してみようと思った。

「いかがですか、おやきは」

おかみが愛想よくたずねた。

「うまかっただに。切干大根がとくに」

梅次郎は満足げに答えて、最後に残ったおやきに手を伸ばした。

「それは野菜餡のおやきで」

おかみが笑みを浮かべる。

さっそく食すと、南瓜の甘みが口に広がった。茄子なども入っているようだ。

「これもうめえ」

梅次郎が笑顔で言った。

「うちの名物で」

と、おかみ。

厨に立つのが好きだからつくり方をと所望したところ、おかみは快く教えてくれた。

中山道舌だめしの土産が、また一つできた。

六

いよいよ難所の和田峠にさしかかった。

和田宿と下諏訪宿のあいだが長いため、途中に何か所か茶屋が設けられていた。梅次郎はひとまず気張って峠を越え、下諏訪側の西餅屋と呼ばれる茶屋で一服することにした。

茶屋の名物は五平餅だった。

胡桃味噌をたっぷり塗って焼いた小判型の焼き餅で、米粒がいくらか残っている。香ばしい焼き加減で、なかなかの美味だった。

下諏訪宿に荷を下ろし、由緒正しい神社にお参りしてから旅籠に戻った。夕餉は鰻の蒲焼きの膳だった。諏訪湖の鰻は脂が乗っていて、これまた美味だった。

下諏訪の旅籠は朝早くに発った。ここまで来れば、早く奈良井へ帰りたかった。

塩尻宿で中食がわりの蕎麦をたぐった。

相席になった二人組がこんな話をしていた。

「今日は奈良井で泊まりだな」

「鳥居峠を越えるのは難儀だろう」

「なら、決まりだ。いい旅籠が見つかりゃいいんだが」

「そうそう。うめえもんを食いたいからよ」

それを聞いて、梅次郎は勇を鼓して言った。

「あの……おいら、奈良井宿の美杉屋っていう旅籠のせがれで、江戸で料理の修業を終えて帰るところなんです」

「へえ、まだ若えじゃねえか」

恰幅のいい男が驚いたように言った。

「十二です。おとうが中風で倒れちまったもんで、二月ほどですが江戸の旅籠付きの小料理屋さんで修業してきました」

梅次郎は緊張気味に伝えた。

「そうかい。そりゃ大変だったな」

もう一人のひょろっとした男が気の毒そうに言って、残りの蕎麦を啜った。

「なら、これも縁だから、泊まってやるぜ。うめえもんを食わせてくんな」

初めの男が笑みを浮かべた。

「へえ。ありがたく存じます」

梅次郎の声が弾んだ。

恰幅がいいほうは大吉、ひょろっとしたほうは末吉だった。いささか出来過ぎだが、昔から仲が良く、行商で銭を貯めてはほうぼうへ旅をしているらしい。前に東海道を京まで上ったことがあるから、このたびは中山道廻りにしたという話だった。

江戸ののどか屋で修業した話などをしながら、梅次郎は二人とともに奈良井宿へ向かった。

「ああ、帰ってきただに」

宿場に入った梅次郎が感慨深げに言った。

「おいらたちは初めてだがよ」

大吉が言う。

「歩き疲れたから、早く休みてえな」

末吉が腰を軽くたたいた。

「美杉屋には内湯もありますので」

梅次郎が如才なく言った。

「そうかい。そりゃいいや」

「もう若あるじみてえだな」

大吉と末吉が言った。

さらに宿場を進んだ。

「あそこで」

ややあって、梅次郎が行く手を指さした。

なつかしい美杉屋が見えてきた。

第九章　江戸仕込み

一

「いま帰ってきた」

梅次郎の声が響いた。

それを聞いて、母のおさきと姉のおきみが急いで出てきた。

「お客さんも連れてきただに」

梅次郎は大吉と末吉のほうを手で示した。

「途中で一緒になったんで」

大吉が笑顔で答えた。

「江戸仕込みのうめえ料理を食わせてもらおうと思ってよう」

末吉も言う。

「それはそれは、ようこそお越しくださいまして」

おさきが頭を下げた。

「お部屋にご案内いたします」

おきみも愛想よく言う。

「荷を下ろしたら、さっそく夕餉をつくりますから」

梅次郎は白い歯を見せた。

「そりゃ楽しみだ」

大吉が笑みを返す。

「内湯の支度も整っております」

おさきが如才なく言った。

「うちの湯はお客さまにご好評で」

おきみが和す。

「なら、湯につかってさっぱりしてから夕餉だな」

大吉が両手を軽く打ち合わせた。

「酒も呑みてえ」

と、末吉。

「木曽の銘酒がありますので」

美杉屋のおかみが告げた。

「気を入れてつくりますんで」

梅次郎はそう答えると、母のほうを見た。

「今日の厨には何があるだ？」

小声で問う。

「鮎に豆腐に茄子に茸。あとは、ごはんにおやき」

おさきが口早に答えた。

「分かったずら。それだけありゃ」

梅次郎がうなずいた。

「江戸仕込みの料理が楽しみだな」

「たらふく食うぜ」

旅の二人組が言った。

「へえ、気張ってつくりますんで」

梅次郎が引き締まった表情で言った。

かくして、段取りが進んだ。

二

厨に入る前に、父の平太郎にあいさつをした。

「梅次郎が江戸から帰ってきただに、おとう」

一緒に来たおきみが言った。

「修業を終えて帰りました」

梅次郎はていねいに頭を下げた。

「おう……梅か」

平太郎は少し顔を上げた。

「さ、おとう」

おきみが父の身を支えてやる。

「元気そうで」

梅次郎は笑みを浮かべた。

「いや」

平太郎は力なく首を横に振った。

「のどか屋さんでいろいろ料理を教わってきたんで」

梅次郎が伝えた。

「ありがてえ、ことで」

いくぶんかすれた声で、平太郎は言った。

「そうそう。つぎ足しながら使ってる命のたれも分けてもらっただに」

梅次郎が言った。

「命のたれ？」

姉が訊く。

「そう。名物の豆腐飯などの味つけに使ってる。ちょっと味見を」

梅次郎は嚢から瓶を取り出した。

「小皿はねえら？　姉ちゃん」

梅次郎が訊く。

「いま取ってくる」

おきみがさっそく動いた。

ややあって支度が整い、舌だめしが始まった。

少しふるえる指をなだめて、平太郎が小皿のたれをなめる。

年季の入った料理人は、しばらくその味をたしかめていた。

「いいものを、もらったな、梅」

平太郎の表情がやわらいだ。

「うめえだ？　おとう」

梅次郎が訊く。

「ああ、うめえ」

平太郎はうなずいた。

「わたしも」

おきみも指を伸ばした。

慎重に舌だめしをする。

「……ああ、深いお味ね」

姉は弟の顔を見て言った。

「毎日、つぎ足しながら使ってきた命のたれだから」

梅次郎が笑みを浮かべた。

「大事に、しな」

父が言った。

「へえ」

美杉屋の跡継ぎが力強く答えた。

三

厨に入った梅次郎は、長旅の疲れも見せず、料理の腕を振るった。

まずは鮎づくしだ。

踊り串も化粧塩も美しい塩焼きに、あしらいも上品な背ごし、それに、たっぷりの鮎飯。のどか屋仕込みの自慢の料理だ。

「どれもうめえな」

「焼き加減が上々だ」

「背ごしもうめえ」

大吉も末吉も笑顔で言った。

「ありがたく存じます。ほかの料理も運びますので」

梅次郎も笑みを返した。

「おう、どんどん持ってきてくんな」

「まだまだ入るからよ」

旅の二人組が言った。

次は天麩羅を出した。

山の恵みの茸と、川の恵みの小鮎だ。

「でけえ平茸だな」

大吉が天麩羅を箸でつまみ上げて言った。

「おう、ぱりっと揚がってら」

さっそく賞味した末吉が言う。

「小鮎もうめえ」

「江戸仕込みの味だぜ」

客の評判は上々だった。

仕上げに、のどか屋で教わった焼きおにぎり茶漬けを出した。

うまくなれ、うまくなれ……。

そう念じながら刷毛でおにぎりに割り醤油を塗って焼く。心をこめた甲斐あって、
これまた大好評だった。

「江戸で修業した甲斐があったな」

大吉が笑みを浮かべる。

「薬味も茶もうめえ」

末吉も満足げに言った。

「ありがたく存じます」

梅次郎は、これまた江戸仕込みの礼をした。

焼きおにぎり茶漬けは、父の平太郎にも出した。

おきみの手も借りて、少しずつ食す。

「うめえだ？」

梅次郎が問うた。

「ああ……」

平太郎はうなずいた。

「うめえ」

感慨深げにまたうなずく。

その目には、かすかに光るものが宿っていた。

「江戸まで修業に行った甲斐があったね」

姉がそう言って目元に指をやった。

「ああ」

今度は梅次郎がうなずいた。

四

翌る日――。

朝餉はもちろん豆腐飯だった。

朝早くから仕込んでつくった豆腐をじっくり煮る。だしには江戸から持ち帰ったのどか屋の命のたれを入れた。これで味が一段と深くなる。

汁には茸を用いた。

茸は三種を用いると格段にうまくなる。これものどか屋で学んだ。

平茸、占地、舞茸。

これで三種だ。

さらに、鮎の塩焼きと香の物がつく。朝から食べでのあるにぎやかな膳になった。

おかみのおさきがほかの一人客の部屋に膳を運び、大吉と末吉には梅次郎とおきみが運んだ。豆腐飯の食べ方を手際よく指南すると、江戸の二人組はさっそく匙と箸を動かしだした。

「ああ、うめえな」

まず豆腐だけすくって口中に投じた大吉が言った。

「豆腐がうめえところに、味がよくしみてるからよ」

末吉も和す。

「今度はわっとまぜてどうぞ」

梅次郎が身ぶりをまじえた。

「それから、薬味を添えてお召し上がりください」

おきみが笑みを浮かべた。

「おう、そうするぜ」

大吉が笑みを返す。

「ちょいと汁も呑んでから」

末吉が椀に手を伸ばした。

「おいらは鮎の塩焼きも」

大吉の手が串に伸びた。

にぎやかな朝餉が続く。

鮎の塩焼きを少し味わってから、大吉が豆腐飯をわっとまぜて口に運んだ。

「こりゃうめえ」

すぐさま声がもれる。

「いくらでも胃の腑に入りそうだ」

末吉も笑顔だ。

続いて、薬味をまぜて食す。

「さすがは名物料理だな」

と、大吉。

「味が変わってうめえ」

末吉が満足げに言う。

「一膳でこれだけ楽しめるとは」

「これを食うためにまた泊まりてえ」

二人組は上機嫌で言った。

「江戸ののどか屋には、そういうお客さんが日の本じゅうから来るので」

梅次郎はいくらか下駄を履かせて言った。

「大したもんだな」

大吉がそう言って、またわしっと豆腐飯をほおばった。

「いい見世で修業したな」

末吉が笑みを浮かべる。

「ほんに、ありがたいことで」

おきみが両手を合わせた。

「これからも気張ってやるだに」

梅次郎が明るい声で言った。

五

二人組が出立した。

「お泊まり、ありがたく存じました」

おかみのおさきがていねいに頭を下げた。

「跡取りさんに誘われてよかったぜ」

大吉が笑顔で言った。

「うめえもんをたらふく食えたしよ」

末吉が帯に手をやった。

「またお越しくださいまし」

おきみが笑みを浮かべる。

「おう、また縁があったらな」

と、大吉。

「気張ってやりな、跡取りさん」

末吉が梅次郎に言った。

「へえ。このあと呼び込みも」

梅次郎が答えた。

「その意気だ。なら、おれらは京へ向かうぜ」

「まだ遠いがよ」

二人組が言った。

「道中、お気をつけて」

「ありがたく存じました」

美杉屋の女たちの声がそろった。

「お気をつけてー」

梅次郎が手を振った。

「おう」

「ありがとよ」

大吉と末吉が手を挙げた。

二人組を見送ったあと、さっそく呼び込みにかかった。

姉のおきみと梅次郎の二人が街道に出て声をかける。

「えー、お泊まりは内湯のついた美杉屋へ」

「朝餉は名物、豆腐飯ー」

「豆腐飯は江戸仕込みー」

「一度食べたらやみつきに」

あらかじめ打ち合わせておいたとおり、息の合った掛け合いを見せる。

そのうち、遠くからでも目立つ半袢もつくるつもりだ。梅次郎はまだこれから背丈が伸びるからすぐ窮屈になるかもしれないが、致し方ない。

呼び込みの甲斐あって、ややあって泊まり客が見つかった。

「内湯はいつでも入れますので」

「豆腐飯もお出しできます」

美杉屋の姉と弟が愛想よく言った。

「まずは風呂がええな」

「それから酒と飯や」

上方から来たとおぼしい客が言った。

「承知しました」

「こちらへどうぞ」

美杉屋の二人の声が弾んだ。

六

客の応対が一段落ついたところで、平太郎の部屋にも豆腐飯を運んだ。

以前よりはいくらか手が動くようになったあるじは、じっくりと味わいながら食した。

「うめえだ？　おとう」

待ちきれないとばかりに、梅次郎が問うた。

平太郎は感慨深げにうなずいた。

それから、口を開いた。

「……うめえ」

そのひと言に、万感(ばんかん)の思いがこめられていた。

「豆腐が、喜んでる」

美杉屋のあるじが言った。

体が不自由になる前は、毎朝早起きをして豆腐づくりに励んでいたものだ。

「江戸まで修業に行った甲斐があっただに」

梅次郎が笑みを浮かべた。

「ああ」

平太郎はまた匙を動かした。

「薬味はおいらが」

梅次郎が箸を取った。

「何がいい？　おとう」

跡取り息子が問う。

「……任せるで」

平太郎は表情をやわらげた。

「なら、切り海苔と葱と山葵と胡麻をわっとまぜて……」

梅次郎はひとしきり手を動かしてから、匙を父の口元へ運んだ。

平太郎が味わう。

美杉屋のあるじは、またうんうんとうなずいた。

「濃いめのつゆを張って豆腐と薬味をのっけて、崩しながら食べる蕎麦も教わってきただに」

梅次郎は伝えた。

「それも、うまそうだ」

平太郎はそう言うと、豆腐飯を胃の腑に落とした。

そして、何かに思い当たったような顔つきで問うた。

「江戸は、どっちら？」

梅次郎は少し考えてから指さした。

「……ありがてえ」

跡取り息子が示したほうへ、平太郎はゆっくりと手を合わせた。

七

木曽路の秋が深まった。

樹々が美しく色づくころ、美杉屋の半袢ができあがった。

御宿　美杉屋

そう染め抜かれている。

背の字は「美杉屋」のほうが大きく、一本杉の絵も入っていた。

色は明るい柿色だ。

江戸ののどか屋ののれんと同じ色だった。修業を忘れないようにと、梅次郎はその色を選んだ。日の光が当たると、遠くからでも目立つ。

おかげで、呼び込みで入る客も増えた。その日も上方から来た三人の客が泊まってくれた。

美杉屋はことのほかにぎやかだった。

「栗おこわがうまいな」

「玉子豆腐も、けんちん汁もええ味や」

「子持ち鮎の煮浸しも絶品やで」

客はみな上機嫌で箸を動かしていた。

上方の三人組と入れ替わるように、江戸からも三人の客が来てくれた。

呼び込みではない。例のかわら版を読み、初めから美杉屋を目指して来てくれたという話だった。

「それはそれは、ありがたく存じます」

おかみのおさきが笑顔で頭を下げた。

「おれら、のどか屋にも行ったことがあるんで」

「中食がうまくてよう」

「朝の豆腐飯も食ったぜ」

「のどか屋仕込みのうめえもんを食わしてくんな」

講を組んで京を目指すという三人組が口々に言った。

「承知しました。のどか屋さんで修業したせがれに伝えておきます」

おさきがいい表情で答えた。

夕餉は梅次郎とおきみも手伝って運んだ。

岩魚の塩焼きと甘露煮。三種の茸の炊き込みご飯。茸の天麩羅とかき揚げ。

さらに、のどか屋で教わったほうとう鍋も出した。畑で育てた南瓜や人参などがたっぷり入った鍋だ。

「茸の焼き浸しもどうぞ」

梅次郎が皿を下から出した。

「おう、どんどん食うぜ」

「どの料理もうめえ」

「さすがはのどか屋仕込みだ」

三人組が満足げに言う。

茸の焼き浸しの評判も上々だった。茸をわずかに焦がしてやるのが勘どころだ。その風味を活かすために割り醤油には薄口を用いる。

「こりゃ、酒の肴にはちょうどいいな」

「小粋じゃねえかよ」

客が機嫌よく言った。

「のどか屋さんで教わったんで」

梅次郎が答えた。

「ほんに、ありがたいことで」

姉のおきみが軽く両手を合わせた。

締めはほうとう鍋の残りにだしを足し、ごはんと玉子を投じ入れておじやにした。

これまた絶品だ。

「わざわざ来てよかったぜ」

「朝餉は豆腐飯だろう？」

客の一人がたずねた。

「へえ、うちで仕込んだ豆腐で」

梅次郎が力強く答えた。

「お客さんがたにご好評をいただいております」

おきみが笑みを浮かべた。

「そりゃ楽しみだ」

「修業に行った甲斐があったな」

年かさの客がそう言って、おじやを胃の腑に落とした。

「へえ」

梅次郎は感慨深げにうなずいた。

「これからも気張ってやりな」

「こういう料理を出してたら、この先もはやるからよ」

「気張ってやんな」

江戸から来た客たちが励ました。

「へえ、精一杯やるんで」

たくましくなって帰ってきた若者が晴れやかな顔つきで答えた。

第十章　三種の茸

一

「いくたび食べても飽きないのが、名物料理たるゆえんだね」

隠居の季川がそう言ってほおをゆるめた。

のどか屋の朝餉だ。

隠居は良庵の療治を受けてから一階に泊まり、いま起きてきて一枚板の席についた。

朝餉は言わずと知れた豆腐飯だ。

「そりゃ、のどか屋の顔だから」

「ここで修業して、日の本じゅうに伝わってるからよ」

なじみの大工衆が言う。

「そう言えば、木曽の若者はどうしているかね」

季川がふと箸を止めて言った。

「奈良井宿の美杉屋さんを目指していったお客さんもいましたから、繁盛してると思いますよ」

厨で手を動かしながら、千吉が言った。

おちよが言う。

「文でもよこしてくれたらいいんですけどね」

時吉が笑みを浮かべた。

「そのうち落ち着いたら、たよりが来るでしょう」

「梅ちゃんのことだから、きっと気張ってやってるはず」

おちよのほおに笑みが浮かぶ。

「美杉屋さんは豆腐もつくってるから」

と、千吉。

「朝早くから大変だね」

隠居がそう言って、薬味をまぜた豆腐飯を口に運んだ。

「江戸の豆腐もうめえぜ」

「じっくり煮たら、なおうめえ」

大工衆が満足げに言った。

三河町にいたころから、のどか屋は筋のいい豆腐屋に恵まれている。玉子や野菜や乾物、それに醤油や味醂や酒もそうだ。そういった人々の助けも得て、これまで長くのれんを守ってきた。

「秋深し津々浦々に豆腐飯」

季川がやにわに一句口走った。

「津々浦々は言いすぎでしょう、師匠」

おちよが笑った。

「はは。なら、『日の本じゅう』に改めるかな」

隠居が答えた。

「あんまり変わってないかも」

と、おちよ。

「まあ、いいよ。では、付けておくれ、おちよさん」

季川が手で弟子のほうを示した。

「よっ」

「待ってました、大おかみ」

大工衆があおる。

「えー、いきなりで……」

おちよはこめかみに指をやって思案すると、ややあって口を開いた。

「奈良井の宿は冬支度かな……お粗末さまで」

のどか屋のおかみが頭を下げた。

「囲炉裏(いろり)のさまが目に浮かぶかのようだね」

季川が目を細めた。

二

その日の中食は晩秋らしい膳になった。

尾の張った大ぶりの秋刀魚(さんま)の塩焼きには、大根おろしがたっぷり添えられている。

これに醤油をかけて食すのは、まさに秋の恵みの味だ。

飯は茸の炊き込みごはんだった。

舞茸、占地、椎茸。

骨法どおりに三種の茸を使っている。

脇役の油揚げがまたうまい。味を存分に吸ってくれるから、茸がさらに引き立つ。

けんちん汁も具だくさんだ。

焼き豆腐に蒟蒻に里芋に葱。さらに今日は砂村の義助が育てた金時人参が入った。

とても甘みがあって、ほかの人参より赤さが際立っている。

「どれもうめえな」

「おいらは人参だな」

「おめえ、人参なのかよ」

「なら、食っちまうぜ」

そろいの半纏をまとった左官衆が、にぎやかに掛け合いながら箸を動かす。

「この炊き込みごはんは絶品だな」

なじみの職人がうなった。

「ちょいと焦げてるとこが、うめえのなんの」

その弟子が笑顔で言った。

「こら、おめえらにはやらねえぞ」

「あっち行け」

土間に敷かれた茣蓙に陣取った男たちが猫たちに言った。

秋刀魚は秋の美味だが、猫たちが浮き足立つのが玉に瑕(きず)だ。

「ちょっとどいて」

おけいが小太郎に言った。

足元をちょろちょろされると、つまずいてひっくり返す恐れもある。

「はいはい、ごめんね」

おちえも声をかける。

ふくとろく、それにたびがあわてて逃げ出した。

「これ、万吉も駄目よ」

勘定場から、おひなを抱っこしたおようが言った。

当時は数えだが、早いもので満では二歳だ。とことこと走ることもあるから目を離せない。

「だめ？」

万吉が振り向いて言った。

「ぶつかったら、危ねえからよ」

「いい子にしてな、万坊」

左官衆が言う。

「あと三膳」

厨から千吉が言った。

「はいよ」

おちよが表へ出る。

ちょうど三人の客が目に入った。

「相済みません、こちらさままでで」

おちよが手で示した。

「危ねえ、危ねえ」

「あぶれるとこだったぜ」

滑りこんだ客が髷に手をやった。

のどか屋自慢の中食は、今日も滞りなく売り切れた。

三

二幕目には、黒四組の安東満三郎と万年平之助が顔を見せた。少し遅れて、元締めの信兵衛と目出鯛三も来たから、一枚板の席はにぎやかになった。

「水野様もいよいよ土俵際みてえだな」

いくぶん声を落として、あんみつ隠密が言った。

「例の上知令ですね」

狂歌師も小声で言った。

「そのとおり」

黒四組のかしらは一つうなずいてから続けた。

「そりゃ、いままでは天領と大名領と旗本領がむやみに入り組んでいて、年貢の取り立てなどでも難儀をしてたわけだが、江戸・大坂の十里四方の大名と旗本の領地をいったん取り上げて天領にしちまって、その周辺に代地を与えるってのは、どう考えても乱暴な話だぜ」

安東満三郎は首をひねった。

「実入りの多い領地を痩せた代地に差し替えられちまったら、たまったもんじゃないですからな」

元締めが言った。

「領主だけじゃねえ。たいていの領主は藩札や旗本札を出して領民に借金してるから、棒引きにされるんじゃねえかとみな戦々恐々だ」

あんみつ隠密はそう言って、味醂をたっぷりかけた秋刀魚の蒲焼きを口に運んだ。

塩焼きばかりでなく、秋刀魚は蒲焼きもうまい。ただでさえ甘辛い味つけの蒲焼きに味醂をどばどばかけるのはこの御仁くらいだろう。

「水野様のお仲間にも不満が上がってるそうで」

万年同心が言った。

「どんな不満なの？　平ちゃん」

ちょうど天麩羅の盛り合わせを運んできた千吉がたずねた。

「たとえば、老中の土井利位様だ。土井様の本領は下総の古河だが、摂津や河内にも飛び地を持ってる」

万年同心が答えた。

「土井様はそこの農民たちにだいぶ借財があったらしい。領地替えでそいつを棒引きにされるんじゃねえかと、あちこちで強訴が起きて手を焼いてるそうだ」

安東満三郎が説明を添えた。

「なるほど。不満が上がるのも無理はないですね」

千吉はそう言うと、軽く頭を下げて厨へ戻っていった。

「天領になったら、年貢の取り立てがきつくなるんじゃないかという危惧もあるようですな」

目出鯛三が言う。

「そりゃ、強訴もやりたくなるぜ」

黒四組のかしらがそう言って、鱚天をどばっと味醂につけた。

「で、お触れはそのままで？」

おちよがたずねた。

「分からねえ。聞くところによると、水野様から土井様のほうへ寝返りそうな者もいるらしいが」

あんみつ隠密が首をひねった。

「たとえば？」

目出鯛三が身を乗り出す。

「腹心の手下だった町奉行の鳥居耀蔵様などだな」

安東満三郎は声を落として答えた。

「そりゃあ万年様が寝返るようなもので」

狂歌師が軽口を飛ばした。

「どこへ寝返るんだい」

幽霊同心と呼ばれている男が問うた。

「それはぜひうちへ」

千吉が厨からそう言ったから、のどか屋に控えめな笑いがわいた。

四

老中水野忠邦の話題は、翌日の長吉屋でも出た。

「上知令が沙汰止みになったら、水野様の面目はいよいよつぶれますな」

井筒屋の善兵衛が言った。

今日は養女の江美のところへ寄った帰りらしい。亭主の竜太とのあいだに生まれた初めてのややこは、竜平（りゅうへい）と名づけられたという話だった。父親から一字をもらい、世が平らかになるようにという願いがこめられた名だ。

「大騒動になった三方領地替えに続く沙汰止みですからなあ。水野様にとったら大きな痛手でしょう」

鶴屋の隠居の与兵衛が言った。

「ずいぶんと締めつけが厳しかったですが、水野様が辞めたらいくぶんは息苦しさが薄れるかも」

善兵衛がそう言って、猪口の酒を呑み干した。

「華美な料理はまかりならぬというお達しでしたから、あまり派手な活けづくりなどは控えておりました」

板場の時吉が言う。

「料理人の腕の見せどころなのにね。無粋なものだ」

善兵衛が苦笑いを浮かべた。

「では、一見すると地味ながら華のある料理を」

時吉が言う。

「いまお出ししますので」

一緒に厨に入っている信吉が笑みを浮かべた。

房州館山から修業に来ている千吉の兄弟子で、のどか屋の助っ人もいくたびかつとめている。もうひとかどの腕の料理人だ。

ほどなく、料理が出た。

豆腐の水気を切り、玉子の白身をつなぎにしてよく擂る。

ここでも茸を三種使う。今日は松茸（まつたけ）、舞茸、平茸だ。さらに、木耳（きくらげ）と銀杏（ぎんなん）も使う。歯ざわりが茸と違うから、料理に奥行きが出る。茸は酒と醤油でさっと煮る。酒が二、醤油が一の割りだ。茸が冷めたら、葛粉（くずこ）を打って豆腐と混ぜ合わせる。これを流し缶に入れて蒸す。ほどよく蒸し終えたら、充分に冷ましてから切る。崩れやすいから、料理人の腕の見せどころだ。切り口に茸や銀杏が出れば、にわかに秋の景色が生まれる。

仕上げに器に入れて蒸し、薄めの葛餡をかければ出来上がりだ。

「これはまた上品な料理だね。何という名だい？」

鶴屋の隠居がたずねた。

「秋の山です」

時吉が答えた。

「たしかに、そういう景色だね」

井筒屋の善兵衛がうなずく。

「うん、味もいい。見てよし、食べてよしだ」

与兵衛が笑みを浮かべた。

「秋の山を崩しながら、少しずつ味わう。風流の極みですなあ」

善兵衛も満足げに言った。

「そう言っていただければ、手間をかけた甲斐があります」

板場の時吉が頭を下げた。

五

次の親子がかりの日――。

中食の膳は、茸の炊き込みごはんと穴子の天麩羅、それに、具だくさんのけんちん汁だった。

「一本揚げじゃねえんだな」

「二つに切ってあらあ」

なじみの大工衆が言った。

「中食だと、お盆に載りやすいように」

おちよが言った。

「二幕目なら一本揚げにするんですが」

千吉が厨から言う。

「なるほどな」

「食ってうまけりゃどっちでもいいけどよ」

「一本でも二本でもうめえや」

大工衆の一人がそう言って、からりと揚がった穴子の天麩羅をさくっと嚙んだ。

「おう、間に合った」

「せっかく来たのに、あぶれたんじゃつれえからよ」

そう言いながら入ってきたのは、よ組の竜太と卯之吉だった。

「まあ、このたびはおめでたく存じます」

おちよが竜太に言った。

「あいさつに来るのが遅くなっちまって」

初めての子が生まれた竜太が髷に手をやった。

「江美ちゃんもややこもお達者で？」

おちよが問うた。

「ありがてえこって」

竜太は軽く両手を合わせた。

「今度はうちの番で」

卯之吉が笑みを浮かべた。

兄に続いて、弟の女房の戸美もややこを身ごもっている。

「おう、子ができるそうだな」

「兄ちゃんのほうは無事生まれたんだ」

「めでてえこった」

大工衆が声をかけた。

「ありがとよ」

「これからも気張りまさ」

火消しの双子の兄弟が明るい声で答えた。

「お待ちどおさまです」

おけいとおちえが膳を運んだ。

「おう、来た来た」

「さっそく食おう」

受け取るや否や、竜太と卯之吉は競うように箸を動かしだした。

「ああ、炊き込みご飯は茸がいちばんだな」

「松茸まで入ってら」

「けんちん汁の椀は今日もずっしり」

「おまけに穴子の天麩羅はさくさくだ」

火消しの兄弟の箸が止まることはなかった。

ほどなく、中食の膳はきれいに平らげられた。

六

その知らせがもたらされたのは、二幕目がだいぶ進んだ頃合いだった。

「おう、沙汰止みになったぜ」

万年同心がのれんをくぐるなり言った。

「沙汰止みって、お上が領地を取り上げるっていう話?」

千吉が厨からたずねた。

「そのとおりだ。上知令が撤廃になった。水野様抜きで決まったらしい」

万年同心はそう言うと、一枚板の席に腰を下ろした。

先客は元締めの信兵衛と大松屋のあるじの升太郎だった。しめ鯖を肴に呑みだしたところだ。

座敷には二人の泊まり客がいた。そちらのほうには秋鯖の棒寿司を出した。この時分の鯖は脂が乗ってことにうまい。

「そりゃ大事になりましょうか」

元締めが問うた。

「なるな」

万年同心はまず短く答えた。

「すると、水野様は」

大松屋のあるじが身を乗り出す。

「御役御免になるだろうよ。まだここだけの話だぜ」

万年同心は唇の前に指を一本立てた。

「へえ、そりゃ民は大喜びだぜ」

「嫌われてたからよう、水野様は」

座敷の泊まり客が言う。

「平ちゃんも、まずしめ鯖で？」

千吉が厨から問うた。

「いくらか腹にたまるものがいいな」

万年同心が答えた。

「三色焼きおにぎりはいかがでしょう。焼きおにぎり茶漬けもできます」

時吉が水を向けた。

「なら、三色のほうで」

黒四組の幽霊同心は指を三本立てた。

「わたしは茶漬けをいただきましょうか」

升太郎が右手を挙げた。

「承知しました」

「いまおつくりしますので」

のどか屋の親子の声がそろった。

塩焼き、醬油焼き、胡桃味噌焼き。

三色の焼きおにぎりができた。万年同心がさっそく手を伸ばす。

ほどなく、元締めの焼きおにぎり茶漬けもできた。

「人が食ってるのを見ると食いたくなるな」

「そうだな。茶漬けをくんな」

「おいらは三色のほうだ」

座敷の客が所望した。

「承知しました」

座敷の端のほうでおひなにおすわりの稽古をさせていたおようが明るく答えた。

もうだいぶしっかりしてきて、長くおすわりができるようになった。ただし、振り向いた拍子にこけたりすることもあるから目を離せない。

「なら、水野様は近々」

元締めが声を落として言った。

「外堀を埋められちまったからよ。おのれから辞めざるをえねえだろうよ」

万年同心はそう言うと、香ばしい胡桃味噌の焼きおにぎりを胃の腑に落とした。

七

黒四組の同心が言ったとおりになった。

閏九月十三日、万策尽きた老中水野忠邦は辞表を提出して幕閣を去った。

鳴り物入りで始まった天保の改革は、ここにおいて閉幕した。

水野罷免の知らせは、たちまち江戸じゅうを駆け巡った。

江戸の民が楽しんでいた娯楽を目のかたきにし、あれもこれもまかりならぬと横槍を入れていた水野忠邦を、民衆は蛇蝎のごとくに嫌っていた。花火などを派手なものとして禁じた水野を、民は「悪魔外道」とまで呼んでいた。

その水野が罷免されたことを知った民衆は、西丸下（現在の二重橋外）の屋敷に押しかけた。

水野は夕方までに役宅を引き払い、三田の中屋敷に移って、沙汰があるまで謹慎を申し渡されていた。

それを知らない民衆は、夜になっても屋敷へ押しかけ、快哉を叫びながら次々に石を投げた。

「思い知ったか」

「これでも喰らえ」

「腹を切りやがれ」

口々に叫びながら雨あられと石を投げる。

まるで火事場のような騒ぎになった。

無理もない。江戸庶民の楽しみだった寄席を大幅に縮小し、演目も娯楽ではない無粋なものにかぎった。人情本なども禁じ、派手な料理や衣装などにも事細かに目くじらを立てた。

歌舞伎の小屋を浅草に移転させたばかりか、ついにはすべて禁じようとしたが、これは歌舞伎好きの北町奉行、遠山景元の進言でからくも沙汰止みとなった。

それやこれやで恨み骨髄の江戸の民衆は、夜遅くまで屋敷に集まり、大いに気勢を上げた。

「ざまあみやがれ」

「もう四の五の言えねえぞ」

水野忠邦の屋敷を取り囲んだ者は、おびただしい数に上ったと伝えられている。

八

水野罷免とそれにまつわる騒動は、むろんかわら版になった。

のどか屋に届いたのは、翌日の二幕目だった。

「おう、持ってきたぜ、かわら版」

刷り物をひらひらと振ったのは、野菜の棒手振りの富八だった。

「えれえ騒ぎだったみてえだな」

湯屋のあるじの寅次が言う。

今日はいつもの御神酒徳利だ。

「火事場みたいだったと聞きましたが」

おちよが言った。

「江戸じゅうから人が集まってきて、石を投げたそうで」

富八が身ぶりをまじえた。

「それだけ嫌われてたんですね」

千吉が厨から言う。

「何もかも『まかりならぬ』だったからな」

岩本町の名物男が言った。

「ちょっと見せていただけますか」

おようが手を伸ばした。

客が来るまで、おひなは座敷で寝かせてある。ちょうど老猫のゆきが添い寝をしてくれていた。

「おう、いいぜ」

富八が刷り物を渡した。

万吉がとことこと近づいて手を伸ばす。何にでも興味を示す年頃だ。

「まだ読めないからね」

おようが言った。

「読みあげてくれるかな」

千吉が厨から言った。

「承知で」

おようはすぐさま答えると、のどの調子を整えてから読みあげはじめた。

西丸下の水野屋敷に群衆が集まれり。

老中水野忠邦は、数々の失政の責を負ひ、このたび罷免されたり。

もともとは唐津(からつ)藩主にて、幕閣に登用はされぬ身分なりしが、三方領地替えの秘策を講じ、浜松(はままつ)藩主に転じることによつて出世の梯子段(はしごだん)を上れり。

唐津藩は二十五万石、浜松藩は十万石も少なき十五万石。家臣や民が疲弊(ひへい)するとして家老は腹を切つて諫(いさ)めしが、出世に目がくらみし水野は意に介さず、やがて老中首座に上りつめたり。

さりながら、おのれが主導せし天保の改革はことごとく裏目にて、民の楽しみを締めつけること尋常ならず、大いに憎しみを買へり。

その水野の罷免を知つた江戸の民は、大挙して屋敷へ押し寄せ、次々に石を投げ入れたり。

俳聖芭蕉（はいせいばしょう）なら、あるひはかう詠んだならん。

　　ふる石や瓦とびこむ水の家

「古池や蛙（かわず）とびこむ水の音とかけてあるのね」

俳諧の心得があるおちよが言った。

「水野家とかけて、うめえこと言うじゃねえか」

湯屋のあるじが言った。

「これでおしまい」

おようが千吉に言った。

「かわら版を書いたのは目出鯛三先生のような気もするね」

千吉が言った。

「ああ、そうかも」

おちよがうなずく。

ここでおけいが客を案内してきた。

佐倉から江戸見物に来た二人組だ。

「見物の手始めに、江戸の湯屋はいかがです？」

寅次がさっそく声をかけた。

「おう、そりゃいいな」

「さっぱりしてえ」

客はすぐさま乗ってきた。

「岩本町なのでいくらか歩きますが、目の前に細工寿司とおにぎりの見世もありますんで、湯上がりに一杯」

寅次は猪口を傾けるしぐさをした。

見世は「小菊」だ。娘のおとせとその亭主の吉太郎が力を合わせて切り盛りしている。

「のどか屋で修業したあるじがつくる料理だから、折り紙付きで」

富八が太鼓判を捺した。

「では、まず荷を下ろしてから」

おけいが言った。

「さっぱりしてからお戻りくださいまし」

おちよが如才なく言う。

「おう、そうするぜ」

「しばらく逗留して江戸じゅうを廻るからよ」

二人の客が笑みを浮かべた。

九

千吉はさすがの勘ばたらきだった。

その日の七つ（午後四時）ごろ、目出鯛三と灯屋の幸右衛門がつれだってのれんをくぐってきた。

かわら版についてたずねてみたところ、筆を執ったのはやはり目出鯛三だった。

「はは、見抜かれましたか」

座敷に上がった狂歌師が髷に手をやった。

「お召し物が元にもどられましたね」

おちよが笑顔で言った。

「目くじらを立てる人が辞めましたからな」

目出鯛三が笑みを返した。

着物には大きな赤い鯛がこれでもかと散らされている。派手な衣装はまかりならぬという無粋なお達しを出した水野忠邦がいなくなったから、これからは大手を振ってこのいでたちで江戸の町を歩くことができる。

「久々に見ると、目がちかちかしますね」

灯屋の幸右衛門が目に指をやった。

「なら、師匠と相談して、うちも活けづくりを復活させるかな」

千吉が言った。

「そうね。お料理は華があったほうがいいから」

おちよがすぐさま賛同した。

酒と料理が運ばれてきた。

いくらか腹にたまって、暖も取れる料理をという所望だった。

それならうってつけの料理の支度ができていた。

茸の水団汁だ。

茸はもちろん三種を使う。このたびは椎茸、平茸、占地の三種だ。ほかに、油揚げと長葱が入る。油揚げは短冊切り、長葱は一寸あまりに切る。

粉に水を加えてよく練る。胡麻油を加えてまぜるのが勘どころだ。

鍋にだし汁を入れ、茸と油揚げを煮る。あくを取ったら味噌を溶き入れ、またひと煮立ちする。

ここで水団の出番だ。練りあげたものを匙ですくっては鍋に入れていく。浮き上がってきたら火が通った証しだ。最後に葱を入れてさっと煮る。

椀にたっぷり盛り、七味唐辛子を添えれば、腹にたまって暖も取れる三種の茸の水団汁の出来上がりだ。

「これはまたずっしりと重いですな」

椀を持った目出鯛三が言った。

「うまそうです。さっそくいただきましょう」

幸右衛門が箸を取った。

評判は上々だった。

「水団と茸の取り合わせが絶品ですな」

狂歌師がうなった。

「身も心もあたたまります」

書肆のあるじが笑みを浮かべる。

「七味唐辛子を振ると、味に奥行きが出てことのほかうまい」

目出鯛三がそう言って、また箸を動かした。

「具だくさんで食べでがあります」

幸右衛門の箸も動く。

「なら、今度は中食に出してみますよ」

千吉が厨から乗り気で言った。

「親子がかりの日にね」

おちよがクギを刺す。

あれもこれもと欲張って手が遅れ、冷や汗をかくことがときどきある。

「ああ、そうするよ」

千吉が答えた。

水団汁のあとは、三種の茸を使った肴をもうひと品出した。

茸の佃煮だ。

舞茸、平茸、椎茸の三種を使っている。

醬油と味醂でことこと煮た佃煮だ。そのまま酒の肴でもいいが、茶漬けにしてもうまい。胡麻や切り昆布を加えると、さらに味に深みが出る。

「これも小粋な肴ですな」

目出鯛三が満足げに言った。

「三種の茸が助け合っています」

幸右衛門が笑みを浮かべる。

「まるで江戸の人たちみたいですね」

猫じゃらしを振る万吉を見守っていたおようが言った。

「なるほど。そのとおりで」

狂歌師がうなずいた。

「人も茸も助け合いですか」

灯屋のあるじがそう言って、猪口の酒を呑み干した。

「たび、きばれ」

万吉が猫に声をかけた。

言葉の数が増えて、そんなことまで言えるようになった。

「もっと振ってあげて」

おようが言う。

「うん」

わらべはうなずくと、いちばん新参の猫に猫じゃらしを振った。

白黒の鉢割れ猫が懸命に前足を伸ばす。

「もうちょっとだ、たび」

千吉が声をかけた。

「えいっ」

万吉がまた猫じゃらしを振った。

棒にくくりつけた紐を、猫がさっとくわえた。

「よし、できた」

千吉が笑顔で言った。

終章　木曽からの文

一

次の親子がかりの日――。
のどか屋の前にこんな貼り紙が出た。

けふの中食
きのこづくし膳
　たきこみごはん
　水団汁
　てんぷらもりあはせ

三十食かぎり三十文

好評だった三種の茸の水団汁を出した。おなじみの炊き込みごはんに、舞茸と松茸と椎茸の天麩羅がつく。にぎやかな茸づくしの膳だ。

「夢に茸が出てきそうだぜ」

「こんなに食ったら、茸になっちまうかもしれねえぞ」

植木の職人衆が軽口を飛ばす。

「天麩羅、どれもぱりっと揚がってら」

「松茸がうめえ」

「椎茸も肉厚でよ」

こちらはなじみの左官衆だ。

「いちばんの当たりは水団汁だな」

「これだけで腹がふくれるぞ」

「炊き込みごはんも言うことなしだ」

ほうぼうで小気味よく箸が動いた。

「毎度ありがたく存じます」

勘定場で、おようの明るい声が響いた。

「あり、あり」

万吉がわらべなりに母の真似をして言った。

「おっ、礼を言ったぜ」

「さすがは三代目だ」

のどか屋に和気が満ちた。

そんな調子で、茸づくし膳は好評のうちに売り切れた。

二

その日は隠居の季川が療治を受ける日だった。

座敷に腹ばいになって良庵の療治を受けていると、久々の客がのれんをくぐってきた。

「まあ、春宵さん」

おちよが声をあげた。

「ご無沙汰しておりました。これはつまらぬものですが、わたしがつくったつまみかんざしで」

吉岡春宵が風呂敷包みをかざした。

「まあ、それはそれはありがたく存じます」

おちよが一礼して受け取った。

「達者そうで何より」

座敷から隠居が言った。

「ご隠居さんこそ」

春宵が笑みを返す。

「呑んでいかれますね？」

おちよがたずねた。

「ええ、久々に料理もいただきます」

春宵が答えた。

「落ち鮎の煮浸しができておりますが」

時吉が水を向けた。

「ああ、いいですね。お酒はぬる燗でお願いします」

春宵が答えた。

「承知しました」

と、時吉。

「少々お待ちください」

千吉もいい声を響かせた。

「水野様が罷免されたから、また人情本を書けるようになるかもしれないね」

隠居が言った。

「それは楽しみで」

按摩の女房のおかねが言った。

「女房に読んでもらいますよ」

指を動かしながら、良庵が言った。

「いや、いまはつまみかんざしの職人で、早指南本も書かねばなりませんから」

春宵は髷に手をやった。

かつては人情本の作者で、頭は総髪だったが、いまは職人風の髷に改めている。

天保の改革で人情本がご法度となり、一時は世をはかなんで大川に身を投げようかと思いつめたほどだったが、のどか屋の取り持つ縁で、おようの義父の大三郎のもとでつまみかんざしづくりの修業をするようになった。なかなかに筋が良く、いまはもは文章を書くのはうひとかどの職人だ。

そのかたわら、灯屋が手がけている早指南本の執筆も行っている。文章を書くのはお手の物だ。『本所深川早指南』が好評だったため、次は『両国早指南』に決まった。その下調べもあるから忙しい日々を送っているようだ。

「あれもこれもというわけにはいかないからね。何にせよ、水野様の重石(おもし)が取れて、息のしやすい世の中になればいいねえ」

療治を受けながら、季川が言った。

「まことに、そのとおりです」

かつて人情本を禁じられた男がしみじみと言った。

ここで、酒と肴が出た。

ちょうど隠居の療治も終わった。

「師匠も同じものでよろしゅうございますか？」

おちよが問うた。

「ああ、いいね」

季川はすぐさま答えた。

「では、またお邪魔します」

おかねが言った。

「ああ、頼みますよ」

隠居が答える。

「こちらこそ、よろしゅうに」

杖を手にした按摩が笑みを浮かべた。

二人が出てほどなく、隠居にも酒と肴が運ばれた。

「骨までやわらかいです」

先に賞味していた春宵が満足げに言った。

だし汁に酒と醤油と味醂を加え、ことことと煮込んだ煮浸しだ。秋の子持ち鮎はことにうまい。

「うまい、のひと言だね」

隠居の白い眉がやんわりと下がった。

「まさに口福（こうふく）の味です」

晴れやかな表情で、かつての人情本作者が言った。

三

二幕目に好評だった料理が、またしても中食の膳の顔になった。

落ち鮎の煮浸しとけんちん汁。それに茶飯を組み合わせた膳もいたって好評だった。

二幕目に入ると、元締めと万年同心がのれんをくぐってきた。

「秋らしいつまみかんざしだね」

元締めがおようが髪に挿したものを指さして言った。

鮮やかな黄色い銀杏のつまみかんざしだ。

「昨日、春宵さんが届けてくださったんです」

若おかみが笑みを浮かべた。

おひなと万吉は座敷にいる。万吉は妹に何かを教えようとしているようだが、それが何かは分からない。二代目のどかとせがれのふくとろくが、わらべの手の動きを不思議そうに見ている。

「ほう。春宵さんは達者そうで？」

信兵衛が問うた。

「ええ、顔色が良くて」

大おかみのおちよが答えた。

こちらは鶴のつまみかんざしだ。目の入れ方が巧みで生き生きしている。

「また人情本を書けるようになるかもしれねえな」

万年同心が言った。

「そう言ったんですけど、つまみかんざしづくりと早指南本のほうでお忙しいようで」

と、おちよ。

「まあ、すぐ書かなくてもいいやね」

万年同心が渋く笑った。

「落ち鮎の煮浸しが一尾余ってるんですが、いかがでしょう」

千吉が厨から声をかけた。

「そりゃあ、旦那のほうに」

元締めが手で示した。

「おう、食うぜ」

万年同心が右手を挙げた。

「なら、平ちゃんに」

たちどころに決まった。

「落ち鮎は塩焼きでもうまいですがね」

元締めが言った。

「木曽の旅籠でも出そうだな。文はまだ来ねえのかい」

万年同心がたずねた。

「まだ来ませんねえ。達者でやってるといいんですけど」

ややあいまいな表情でおかみが答えた。

「梅ちゃんのことだから、気張ってやっていますよ」

おようが言った。

「だといいけど」

おちよが笑みを浮かべた。

「はい、お待たせ、平ちゃん」

千吉が料理を運んできた。

「おう、いい色だな」

見るなり、万年同心が言った。

「味もいいよ」

と、千吉。

「なら、舌だめしだ」

万年同心が箸を伸ばした。

じっくりと味わう。

「どう？　平ちゃん」

待ちきれないとばかりに、千吉がたずねた。

「さすがはのどか屋の二代目だな」

黒四組の幽霊同心が言った

それを聞いて、千吉が会心の笑みを浮かべた。

四

同じころ――。

木曽の奈良井宿では、美杉屋から泊まり客が発つところだった。

「またいつか泊まりに来るで」

「豆腐飯がうまかったさかいに」

上方訛りの二人の客が言った。

善光寺参りの帰りに泊まってくれた。朝餉の豆腐飯をはじめとして、料理はどれもいたって好評だった。

「お待ちしております」

おかみのおさきが笑みを浮かべた。

「またおいしい料理をお出ししますので」

半裃姿の梅次郎も笑顔で言った。

「帰ったら、みなに言うとくわ。中山道なら奈良井の美杉屋へ泊まれって」

「川魚も茸も豆腐もうまいさかいに。まあ気張ってやってや、二代目はん」

気のいい客が言った。

「へえ、ありがたく存じます」

梅次郎は深々と一礼した。

「では、道中お気をつけて」

「またお待ちしております」

おさきとおきみがいい声を響かせた。

上方の客を見送ると、おさきは旅籠に戻った。梅次郎とおきみは次の泊まり客の呼び込みだ。

「お泊まりは、料理と内湯の美杉屋へー」

「料理は江戸仕込み。朝は名物豆腐飯ー」

旅人が現れるたびに、姉と弟が競うように声をかける。

「江戸へ文も送ったから、肩の荷が下りただ」

次の旅人が来るまでに、梅次郎が言った。

「ずいぶん苦労してただに」

おきみが笑う。

なにぶん慣れないものだから時がかかってしまったが、やっと文を送ることができた。これでひと安心だ。

ここでまた旅人が現れた。

「美杉屋は料理自慢のお宿です」

「朝は名物豆腐飯ー」

旅籠のきょうだいがすかさず声をかける。

「親子二代の味ですよー」

梅次郎が言った。

中風で倒れてしまったあるじの平太郎はいくらか回復し、杖を頼りにすればゆっくり歩けるくらいになった。

厨まで歩いて床几に座り、梅次郎の仕事ぶりに目を光らせることも多い。勘どころで言葉をかけてくれるから、さらに腕が上がった。

「おう、ここにするか？」

「ほんとにうめえもんが出るんだろうな」

旅人がたずねた。

「江戸の名店で修業しましたので」

梅次郎が二の腕をぽんとたたいた。

修業に出る前に比べたら、格段にたくましくなった。

「内湯もご好評をいただいております」

おきみがここぞとばかりに言った。

「湯上がりにおいしいものをどうぞ」

梅次郎が押した。

「なら、ここにしようぜ」

「美杉屋か。いい名じゃねえか」

半裃の字を読んだ旅人が言った。

「ありがたく存じます」

「ご案内しますので」

梅次郎とおきみの声が弾んだ。

五

「舟盛りがもどってきたねえ」

隠居の季川が目を細くした。

今日は浅草の長吉屋のほうだ。

「まだ小ぶりで、あまり派手にしないようにしておりますが」

時吉が料理をかざした。

「舟盛り、できました」

一緒に厨に入っている信吉が声をかけた。

「承知で」

お運びの女がすぐさま姿を現わす。

それぞれの部屋の料理は奥の本厨でつくっているが、手が足りないときは一枚板の席の厨でも手伝う。今日はいろいろと祝いごとが入っているから大忙しだ。

「お客さんが喜ぶね」

隠居が温顔で言った。

「やっぱり華がありますからな」

今日は顔を出している長吉が言った。

床几に陣取り、時吉たちの働きぶりを見ている。

「これも地味ながら深い味で」

隠居の隣に陣取った巴屋のあるじの松三郎が言った。

出ている料理は鮟肝の吸い物だ。

塩茹でにした鮟肝を切って椀に入れ、だしを張って独活を散らす。深い味わいの吸い物だ。

「まさに、五臓六腑にしみわたるね」

季川も満足げに言った。

「こういう料理は、のどか屋ではなかなかお出しできませんので」

開き厨に立つ時吉が言った。

「包丁を使い分けるようなものだな」

古参の料理人が軽く身ぶりをまじえた。

「そのとおりで」

時吉がうなずく。

「大井川、舟盛りの追加をお願いします」

奥から女の声が響いた。

大井川や富士など、長吉屋の部屋にはさまざまな名がついている。

「承知で」

花板の時吉が気の入った声で答えた。

「にぎやかでいいですね」

巴屋のあるじがそう言って、隠居に酒をついだ。

思い切って建て増しをしたおかげで、旅籠は以前に増して繁盛しているようだ。

「これでこそ江戸だね」

季川は猪口の酒を呑み干すと、いま思いついた句を口にした。

「晩秋の酒も肴もお江戸なり。……今日は付け句の人がいないね」

元俳諧師の白い眉がやんわりと下がった。

「では、ふと浮かんだので、ちよの代わりにわたしが」

時吉が手を挙げた。

「珍しいじゃねえか。大丈夫か」

長吉の目尻にいくつもしわが浮かんだ。

「出来には目をつぶってください」

時吉はそう前置きすると、付け句を口にした。

「のどか屋もあり長吉屋もあり……字余りで」

時吉がそう言って頭を下げたから、浅草の老舗に和気が漂った。

六

次の親子がかりの日は牡蠣づくしの膳になった。

江戸前のいい牡蠣がふんだんに入ったから、手分けして下ごしらえをして、四種の料理に仕上げた。

まずは牡蠣飯だ。先に牡蠣を煮て、その煮汁でじっくりと炊き込むと、風味豊かな仕上がりになる。

牡蠣は天麩羅もうまい。からっと揚がった天麩羅を嚙めば、とろりと牡蠣のうま味が口中に広がる。

天つゆでもいいが、今日は塩を添えた。これで牡蠣のうま味が引き立つ。

汁は豪勢にかきたま汁にした。

ふわふわの玉子に、ぷりぷりの牡蠣。その取り合わせが絶品のひと品だ。

さらに、牡蠣と豆腐の味噌煮も出した。合わせ味噌で焼き豆腐と牡蠣をこっくりと煮る。青葱を入れ、仕上げに粉山椒を振れば、彩りと味に奥行きが出る。

「牡蠣飯も天麩羅もうめえ」

「汁がまた絶品でよ」

「味噌煮も箸が止まらねえ」

なじみの職人衆が競うように箸を動かす。

「いらっしゃいまし」

「お相席でお願いします」

大おかみと若おかみの声が響く。

「お待たせいたしました」

「牡蠣づくしの膳でございます」

おけいとおちえが膳を運ぶ。

「おう、うまかった」

「またやってくれ、牡蠣づくし」

食べ終えた客が厨に声をかけた。

「ありがたく存じます」

「またお待ちしております」

時吉と千吉がいい声で答えた。

七

二幕目に入った。

元締めと一緒に、大松屋の升造も入ってきた。せがれの升吉（ますきち）も一緒だ。

「あれ、升ちゃん、呼び込みは？」

千吉が驚いたようにたずねた。

「長逗留のお客さんがいくたりもいるので、今日は出なくていいんだよ」

竹馬の友が笑顔で答えた。

「まあ、繁盛で何よりね。升吉ちゃんも大きくなって」

おちよが笑みを浮かべた。

「遊んでおもらい、万吉」

おようが言った。

「うん」

万吉が答えた。

「毬(まり)があるわよ。取ってくるわね」

おちよが動き、ほどなく赤い毬を取ってきた。

「猫たちが、早く投げろっていう顔で見ているよ」

元締めが手で示した。

小太郎とふくとろく、それにたびも今や遅しと待っている。

「投げる」

升吉がおちよから毬をもらった。

万吉より半年ほど年かさだから、足の運びもしっかりしている。

「それ、投げてやれ」

升造がせがれに言った。

「えいっ」

升吉が投げた毬はあらぬほうへそれ、座敷で寝ていた老猫のゆきと二代目のどかのほうへ転がっていった。

「お見事、ゆきちゃん」

おようが言った。

老猫がぺしっと毬を押さえたのだ。のどか屋におのずと和気が満ちる。

そのとき――。

珍しく飛脚（ひきゃく）が入ってきた。

「木曽からの文でさ」

飛脚が言った。

「あっ、梅ちゃんね」

おちよの顔がぱっと晴れた。

のどか屋へ届けられたのは、奈良井宿の美杉屋からの文だった。

八

さっそくみなが集まり、やっと届いた街道だよりを読んだ。
こんな文面だった。

江戸ではおせわになりました
のどかやさんで　しゆげふした　とうふめし
ひやうばんです
いのちのたれ　つぎたしながら　つこてます
おとうは　つえついて　ゆくり　あるけるやうに　なりました
くりやで　みはてくれてます
のどかやさんで　おそわたこと
さらを下からだすこと
しつかり　まもてます
これからも　きばつて

みすぎやを　もりたてます
ほんたうに　おせわになりました
みなみなさま　おたつしやで

梅次郎

おおむね仮名で、終いに漢字で書かれている名の「梅次郎」はいやにいびつだった。

たどたどしい文だが、思いは充分に伝わってきた。

「皿をちゃんと下から出しているんだな」

目を通した時吉がうなずいた。

「気張って書いたのね、梅ちゃん」

おちよが笑みを浮かべた。

「下手でも思いがこもってるよ」

千吉が言った。

「おやじさんもいくらか良くなったようで何よりだ」

時吉が白い歯を見せた。

「旅籠はもう大丈夫ね」

と、おちよ。

「いい二代目になりますよ」

大松屋の跡取り息子が言った。

「負けちゃいられないね、升ちゃん」

千吉が竹馬の友に言う。

「ああ、これからも競い合って気張っていこう、千ちゃん」

升造がいい表情で答えた。

「三代目も競い合いだ」

元締めが指さした。

「えいっ」

升吉が小さな手で赤い毬を投げた。

猫たちが我先に取ろうとする。

万吉も歩み寄ったが、猫に取られてしまった。

「おかあ、ねこ」

困った顔でおように言う。

「分かったわ。取ってあげるから。……ちょっとここにいてね」

おようはおひなを座敷に座らせた。

「おとうが抱っこしてやろう」

千吉が手を伸ばした。

小さい娘は笑顔になった。

猫に引っかかれないように気をつけながら、おようは毬をさっと取り上げた。

「はい」

と、万吉に渡す。

「しっかり投げろ」

時吉が言った。

「猫にぶつけるんじゃないからね」

おちよがクギを刺す。

「こうやって、ふわっと投げてごらん」

おようが身ぶりをまじえた。

「猫たちの上のほうにふわっと投げるんだ」

千吉が言葉を添える。

「さあ、できるかな」

元締めが言う。

「きばれ」

兄貴分の升吉が声をかけた。

万吉は一つうなずくと、毬をふわりと上へ投げた。

「そう、上手」

おようがすぐさま言った。

毬は猫たちのちょうど真ん中に落ちた。

たちまちくんずほぐれつの奪い合いが始まる。

「小太郎、しっかり」

おようが言う。

「負けるな、ろく」

千吉も声援を送った。

ほっこりする宿場だよりが届いたのどか屋の二幕目に、なおしばらく明るい声が響いた。

［参考文献一覧］

畑耕一郎『プロのためのわかりやすい日本料理』（柴田書店）
田中博敏『旬ごはんとごはんがわり』（柴田書店）
田中博敏『お通し前菜便利集』（柴田書店）
松本忠子『和食のおもてなし』（文化出版局）
野﨑洋光『和のおかず決定版』（世界文化社）
『一流板前が手ほどきする人気の日本料理』（世界文化社）
『人気の日本料理2　一流板前が手ほどきする春夏秋冬の日本料理』（世界文化社）
『一流料理長の和食宝典』（世界文化社）
土井勝『日本のおかず五〇〇選』（テレビ朝日事業局出版部）
鈴木登紀子『手作り和食工房』（グラフ社）
志の島忠『割烹選書　夏の料理』（婦人画報社）

料理＝福田浩、撮影＝小沢忠恭『江戸料理をつくる』（教育社）
『復元・江戸情報地図』（朝日新聞社）
日置英剛編『新国史大年表　五－II』（国書刊行会）
今井金吾校訂『定本武江年表』（ちくま学芸文庫）

（ウェブサイト）
奈良井宿観光協会
木曽路観光情報
Cherish

二見時代小説文庫

宿場だより　小料理のどか屋 人情帖 37

二〇二三年　三　月二十五日　初版発行

著者　倉阪鬼一郎

発行所　株式会社 二見書房
〒一〇一-八四〇五
東京都千代田区神田三崎町二-一八-一一
電話　〇三-三五一五-二三一一［営業］
　　　〇三-三五一五-二三一三［編集］
振替　〇〇一七〇-四-二六三九

印刷　株式会社 堀内印刷所
製本　株式会社 村上製本所

ISBN978-4-576-23022-1
https://www.futami.co.jp/

倉阪鬼一郎

小料理のどか屋 人情帖 シリーズ

剣を包丁に持ち替えた市井の料理人・時吉。
のどか屋の小料理が人々の心をほっこり温める。

①人生の一椀
②倖せの一膳
③結び豆腐
④手毬寿司
⑤雪花菜飯（きらずめし）
⑥面影汁
⑦命のたれ
⑧夢のれん
⑨味の船
⑩希望粥（のぞみがゆ）
⑪心あかり
⑫江戸は負けず
⑬ほっこり宿
⑭江戸前 祝い膳

⑮ここで生きる
⑯天保つむぎ糸
⑰ほまれの指
⑱走れ、千吉
⑲京なさけ
⑳きずな酒
㉑あっぱれ街道
㉒江戸ねこ日和
㉓兄さんの味
㉔風は西から
㉕千吉の初恋
㉖親子の十手
㉗十五の花板（はないた）
㉘風の二代目

㉙若おかみの夏
㉚新春新婚（にいめとり）
㉛江戸早指南（はやしなん）
㉜幸（さち）くらべ
㉝三代目誕生
㉞料理春秋
㉟潮来（いたこ）舟唄
㊱祝（いわ）い雛（びな）
㊲宿場だより

森 詠

会津武士道

シリーズ

以下続刊

① 会津武士道1 ならぬことはならぬものです
② 父、密命に死す
③ 隠し剣 御留流
④ 必殺の刻

江戸から早馬が会津城下に駆けつけ、城代家老の玄関前に転がり落ちると、荒い息をしながら「江戸壊滅」と叫んだ。会津藩上屋敷は全壊、中屋敷も崩壊。望月龍之介はいま十三歳、藩校日新館にて文武両道の厳しい修練を受けている。日新館に入る前、六歳から九歳までは「什」と呼ばれる組で会津士道に反してはならぬ心構えを徹底的に叩き込まれた。さて江戸詰めの父の安否は？

剣客相談人（全23巻）の森詠の新シリーズ！